IN VITRO. LA JONCTION

Quand la fiction rejoint la réalité ...

PHILIPPE DELTOUR

- IN VITRO -

J'aurai pu l'appeler tout aussi bien :

— Je suis un être de lumière –

Pompeux me direz-vous et vous auriez probablement raison. Pour de vrai ? À cela, je vous répondrai oui. Mais je pense que ce roman ne serait pas en bonne place sur les têtes de gondole. Et pourtant ... Le monde change ...

In Vitro, mes neufs mois passés dans la matrice. Des étoiles à la matière ...

Parmi des milliards de galaxies et les étoiles qui les composent, l'Univers a choisi une planète paraissant insignifiante dans l'immensité qui nous entoure. Je veux parler ici de la planète bleue, notre planète diront certains ... Bref. L'Univers a choisi la Terre pour me donner la vie. Dieu, Mahomet, Shiva ou Bouddha, appelez-le comme vous le voulez. Un accouplement pour les scientifiques. Chacun se souvient de sa sixième et de ses cours de sciences naturelles. Le fait, quoi qu'il en soit, c'est qu'il y a peu, je ne vibrais pas à la même fréquence. Je pense ici à Philippe Guillemant, un ingénieur physicien français, spécialiste de l'I-A*.

Le fameux "avant ma naissance ? ... ", Comme si notre disque dur avait été effacé pour de bon. Nouveau monde ... Nouveau programme ... Nouvelle vibration où le vide d'énergie pure nous entoure de matière. Ce que nous sommes ici-bas. La simple rencontre entre un ovule et un spermatozoïde, mais tellement plus que ça en réalité. L'amour dans sa simplicité la plus pure. Ne serait-ce pas là de la spiritualité ? ... Ce fameux au-delà ?! ...

D'ailleurs, la grande majorité des personnes y pensent à l'aube de leur mort, jamais à leur naissance. Pourquoi cela ? ... Un fœtus ne vous prononcera jamais une syllabe. La biologie de ce monde ne nous fait parler ou plutôt prononcer des bafouilles qu'à l'âge de dix ou seize mois. Vingt-quatre pour de courtes phrases et pourtant ma connaissance est immense et infinie. Voyez vos chérubins et leurs amis imaginaires, vite oubliés en grandissant. Aucune psychose, ni de schizophrénie rassurez-vous. À part peut-être à l'âge adulte, mais là, c'est une tout autre histoire.

Pour l'instant, je vais vous conter la mienne ...

---

*I-A : intelligence artificielle

- ÉTÉ 64 -

Un jour après ma conception terrestre, je précise, un certain Jacques Anquetil remportera le Tour de France. Apparemment, je suis français, mais pour l'instant, je commence seulement ma migration de la trompe de Fallope *(ça ne s'invente pas !)*, à l'utérus tout en commençant ma division cellulaire.

J'ai l'impression, pour l'instant, de ressembler à une mûre avec mes seize cellules. Autant vous le dire de suite, mes géniteurs m'appelleront Gabin. Je le sais, c'est tout. Je suis encore connecté à mon ancienne vibration ; ma fréquence. Ce que vous appelez l'invisible. Un autre monde que mortel que je deviens ne connaîtra qu'à la fin de sa vie. Paradoxal non ?! ...

Et devinez qui sera mon premier ennemi véritable ?! ... Mon ego tout simplement. Celui qui d'une certaine mesure vous fait oublier le lâcher prise comme on le nomme si bien. Nous sommes là pour jouir de la vie, non pas pour la subir et s'enfermer dans les idéologies absurdes et burlesques parfois, qui prône le dérisoire, face à certaines situations.

Faits divers ! Mort pour une place de parking. Avouez que c'est gratiné tout d'même ! Être relié à soi en toutes circonstances. Le réel de la vie tel que je le découvrirais à ma naissance. Un "formatage" en quelque sorte *(ce fameux disque dur)*. Mais comme je disais, je suis encore relié à l'invisible, alors que vous, mes parents, êtes conditionnés sur la base des trois principes fondamentaux que sont premièrement, le déconditionnement mental, le fameux lâcher prise. Deuxièmement, l'émotionnel qui implique de se faire confiance. Et enfin, troisièmement, le détachement de l'ego. Le plus difficile d'entre tous. Mais pour l'instant, mes anges m'accompagnent, si j'ose dire ... Certains, dans ce monde qui est en train de m'accueillir, ont la certitude qu'une réalité invisible nous régit. Des sages comme Sadhguru, un maître Yogi, et bien d'autres comme Philippe Guillemant que j'ai cité plus haut.

Sans brûler les étapes, si je puis dire, il faudra que je vous parle également d'Eben Alexander, un neurochirurgien de renom et spécialiste du cerveau ayant vécu lui-même une E.M.I.*, mais je n'en suis pas encore là. Revenons à mon premier jour. Je mesure cent-cinquante millièmes de millimètre et 0.1 dans une semaine. Ironie du sort, c'est que mes géniteurs *(nous n'avons pas encore été présentés)*, ne le savent pas encore.

Est-ce ma "famille d'âme" ? Comme on dit dans l'invisible. Pour l'instant, je me construis. Un corps minuscule avec une tête bien volumineuse à dix semaines. Est-ce déjà ce fameux ego ? ... J'en doute malgré tout. Chaque cellule à sa place. Leurs fonctions sans oublier leur mémoire, si vous le voulez bien.

E.M.I : *expérience de mort imminente*

Elles œuvrent toutes ensemble pour me constituer, me concevoir. À ce stade de ma conception, je m'emballe. Je veux dire par là que mon cœur bat vite ! Quoi de plus normal pour un embryon de dix semaines. Le dogme du scientifique en quelque sorte. Pour ce qui est de la religion, votez pour celle qui vous sied le mieux.

Le panel est large, et cela, depuis la nuit des temps. Je suis ravie de savoir que le sacrifice humain ne soit plus d'actualité quand même ! Personnellement, j'écoute mon cœur, mais aussi des hommes de sagesse comme Sadhguru, ce yogi indien. Ses paroles ne sont pas dénuées de sens. La vie est un obstacle pour celui qui choisit d'en avoir. N'est-ce pas ... Allô ?! ... Dès que je sortirais, je serais formaté pour ce monde-là. À moi de faire les bons choix. Pour l'instant, je nage dans le bonheur ou plutôt dans un liquide amniotique. Et oui les gars ! Ma propre piscine chauffée à moi en quelque sorte !!

Étant connecté à l'invisible, je sais que le monde va mal. Il y a à peine deux décennies, les bombes tombaient encore sur notre territoire, que dans six de plus, il y en aurait encore dans le monde ... Ça aussi, je le sais. Serait-ce ce fameux sixième sens dont tout le monde parle ? ... D'ailleurs, sa définition est simple. Il s'agit d'une capacité de perception subtile, une possibilité de percevoir le monde "invisible", de comprendre l'influence et la causalité de multiples événements. Qualifié d'intuition, de clairvoyance, rien que ça.

Le métabolisme de ma génitrice commence à lui envoyer des signes de ma présence.

—   Enfin !!!

Nausées, fatigue, sensibilité des seins, sans oublier cette fameuse phrase que Léontine, le prénom de ma maman, reprendra elle aussi :

—   Je n'ai pas eu mes règles. Je crois que je suis enceinte !!!

En France, le premier test de grossesse, réalisable à domicile, ne sera disponible à la vente que neuf ans plus tard en ce qui me concerne. Plus exactement en 1972.

Je ne lui en veux pas. Après tout, c'est moi qui ai choisi ma maman ... Cette famille. Mon géniteur, que j'appellerai papa, se nomme Gustave *(c'est l'époque)*. Il a bien remarqué les sauts d'humeur de sa dulcinée, mais il s'en accommode. Est-ce cela l'amour ?! Respecter les petits défauts des personnes que l'on aime ? L'invisible me susurre qu'il doit en être ainsi avec tout le monde.

—   Eh oh ! Laissez-moi grandir un peu quand même ! Je verrai à ma sortie si vous le voulez bien.

Petit ego deviendra grand ... Pour l'instant, j'écoute mes cheveux poussés*, j'ai quatre mois ...

Tout n'est pas perdu dans ce monde qui m'attend.

---

*Les ongles poussent également dès quatre mois.

Gus, le diminutif de papa, revient de son travail. Il est menuisier ébéniste charpentier. Trois cordes à son arc comme vous dites. Il vient d'apprendre, par un de ses collègues de travail, que Martin Luther King vient de recevoir le prix Nobel de la Paix. Oui, tout n'est pas perdu. Nous sommes en octobre. Quatre ans plus tard, il sera assassiné ...

Je pense que chacun ici-bas a du travail à faire sur soi, à commencer par moi-même. Pourquoi perdre tout cet amour en grandissant, plus aucun souvenir ? ... J'aimerai pouvoir leur dire :

—   Attention à vos actes ! Réfléchissez ! ...

Il s'appelait Martin Luther King et il y a bien longtemps qu'il a rejoint l'invisible. Celui que j'ai encore la chance de côtoyer.

Plus tard, mon père achètera une télévision. Je serais, comme dans de nombreuses familles, je suppose : la télécommande ! *(Les anciens comprendront)*. Dans ce monde, un temps est établi. Les secondes s'égrainent comme les jour:

- INEFFABLE -

Les premières images échographiques en deux dimensions datent de 1964. C'est ainsi qu'à la treizième semaine, mes parents ont appris que j'étais un garçon. Du haut de mes sept centimètres et de mes trente grammes, je suis assez fier de moi. Les journées passent. Mon grammage aussi ...

Aujourd'hui, je me sens nauséeux. J'ai comme des petites étoiles dans la tête. Maman a dû boire une gorgée de champagne dans le verre de Gus pour fêter ma première photo.

— Vous voyez là Madame ? ... C'est un garçon.

On m'espionne, je vous dis !! Puis je dis Gus et non papa, car les présentations ne sont pas pour maintenant voyez-vous. Il a quand même dit à maman *(nous, on est plus qu'intime non ?)* :

— Une gorgée ma chérie, pense à bébé.

J'ai la chance également que maman ne fume pas. Gus non plus d'ailleurs et c'est tant mieux, car mes petits *(oui, tout est petit chez moi)* poumons sont seulement prêts à fonctionner ! Ça va envoyer ! Surtout que mon cœur bat trois fois plus vite que le vôtre mes amis ! Cent-quatre-vingts pulsations par minute ! Et bim ! Petit certes, mais fier !!

Bientôt, vers six sept mois, mon ouïe commencera à fonctionner. La voix de Gus, ainsi que les bruits extérieurs qui m'entourent me deviendront familiers. Je veux dire nous, car avec maman, nous ne ferons qu'un jusqu'à mon terme. Certains n'ont pas cette chance ...

— On déclenche !!

Je t'aime maman ! Je vous aime tous ! C'est vrai ! Comment pourrais-je avoir des préjugés du haut de mes quatre mois ? Aucun ! Tout le monde, il est beau, tout le monde, il est gentil. Enfin ... Je verrais à la sortie ...

Un décompte jusqu'à neuf en quelque sorte. Encore cinq mois et le privilège de pouvoir côtoyer l'invisible qui n'est que pur amour. Une autre vibration me permettant ici-bas de faire cette transition. La construction de mes cellules, si précieuses dans ce monde physique. Au final, la mort est le processus inverse quand on y pense. N'est-ce pas ? ... Allô ?

Un amas de cellules fait de quatre-vingt-dix pour cent d'eau que l'on brûle ou que l'on met en boîte ... Ah le choix des cultures !

Mes géniteurs sont catholiques. Ça sent les communions à plein nez, je pense ! Voyez comme un choix peut être vite défini à votre insu. Vous me direz, comment voulez-vous que je m'exprime ? Moi un embryon de quatre mois. Rassurez-vous à l'âge de huit ans, on ne vous donne pas non plus le choix. Un acte de foi, paraît-il. Vous m'en direz tant !!! Le monde entier prône la paix et l'amour, mais personne ne fait le premier pas apparemment. Deux mois après ma naissance, en juillet 1964, se déclenchera une guerre qui durera le temps de ma deuxième communion. Amen ... La guerre d'indépendance du Mozambique prendra fin en septembre 1974.

Pour l'instant, mon corps se transforme et je suis pur comme l'agneau qui naîtra. Ben, je ne peux pas dire qui vient de naître n'est-ce pas ? Allô ?! ...

Le ventre de maman est mon vaisseau spatial en quelque sorte, et l'invisible est là pour me donner le plein potentiel d'amour. Faire le bien en ce bas monde, sans vouloir écraser les autres par son propre ego. La conjonction avec les étoiles m'a offert la Lune comme compagnon de vie. L'intuition et les ressentis. On appelle ça de l'astrologie. Tout est régi par l'Univers, l'invisible. N'est-il pas vrai que vos traits de caractère sont en règle générale définis par votre signe astrologique ? ... Anodin pour certains, important pour d'autres.

Ah ! J'oubliais, une chose importante à vous dire ... J'ai deux frères. Deux complices, devrais-je dire ! Nés le même jour et à quelques minutes d'intervalles. Autant vous dire que maman a du grain à moudre ! D'ailleurs, en parlant de ça, ils se battent régulièrement pour savoir lequel des deux pourra tourner et actionner la boîte à café ! Ils se nomment Alain et Pascal. Une décennie à eux deux ! Puis de mon côté, je ne suis pas seul, bien au contraire ! Mais comment vous expliquer l'invisible ? Ce que je vis durant ces neufs mois. Cette connaissance immense que je finirais par oublier !!!

Inconsciemment, après ma naissance, je m'efforcerai de garder contact avec ce monde durant quatre années encore. Mon fameux ami imaginaire, que je finirais par perdre dû à mon ego grandissant. Pascal et Alain en ont-ils souvenir en ce moment ? Je doute à entendre maman crier subitement :

— Vous arrêtez tous les deux !! Papa va bientôt rentrer de son travail, vous allez voir !!

Bêtises communes et connivences sont de mise apparemment chez ces deux-là. Le pompon, c'est quand maman ajoute d'une voix douce :

— Vous allez réveiller votre petit frère à force de faire vos bêtises. Soyez sages !

Je ne dors pas, je m'instruis, me construis maman ! Mais revenons à cette tâche ardue qu'est de vous décrire ce monde qui m'entoure. Je ne vous parle pas ici de liquide amniotique, mais d'un Univers que certains ont pu côtoyer bien malgré eux.

Je vais donc vous reparler de ce fameux neurochirurgien américain, grand spécialiste du cerveau ayant vécu lui-même une expérience de mort imminente, E.M.I. ou N.D.E. pour Near Death Experience. Monsieur Eben Alexander. Autant vous dire un esprit carré et très rationnel. Pour faire simple, quand une personne meurt, le cerveau s'arrête de fonctionner point. Maintenant, il fait des conférences à travers le monde pour décrire ses sept jours d'une vie ineffable dans cet autre monde. Celui où j'ai encore un p'tit pied, si j'ose dire ... L'invisible.

N'est-ce pas là, sujet à controverse pour les plus septiques d'entre vous ?! ... De voir des millions de papillons tournoyés autour de soi, le tout enveloppé d'une musique tout autant ineffable que ce lieu magique qu'est l'invisible. L'autre côté, pour cet "expérienceur" peu ordinaire, je dois dire. La fin de l'alphabet. Moi je n'en suis qu'à la lettre A voyez-vous.

Selon les dires d'Eben, un univers assez rugueux au début, puis cette spirale qui l'a transporté jusqu'à une porte s'ouvrant sur la veillée d'une beauté non-terrestre, fertile sans aucun signe de désolation. Des couleurs au panel toutes plus magnifiques les unes que les autres. Sans oublier cette sensation de pouvoir ressentir le frôlement d'une aile de papillon !!! Des milliers d'âmes heureuses chantant et dansant autour de lui. Voilà le monde qu'il a eu la chance de côtoyer. Le plus troublant pour ce neurochirurgien a été ce visage souriant d'une femme pleine de bonté, le regardant avec bienveillance et lui disant :

—   N'aie pas peur, tu es aimé.

Eben Alexander apprendra plus tard par ses proches qu'il s'agissait de sa sœur qu'il n'avait pourtant jamais connue ! Une photo lui amènera cette preuve. Il lui semblait ne faire plus qu'un avec l'Univers tout entier. En totale unité avec cet amour, cette source créatrice. Il en a d'ailleurs écrit un roman qui s'intitule "la preuve du Paradis".

Pour moi, les septiques ont un ego un peu trop ancré dans leurs idéologies. Ce fameux formatage que l'on nous inculque dès la naissance. Comme les chiens ne font pas des chats par exemple. Mais aller dire à un petit Marocain, de par sa génération à l'école que les Gaulois étaient ses ancêtres ! Ça n'a ni queue ni tête avouez !!! ...

Bref, revenons à moi et à ce qui m'entoure concrètement. Je ressens également la peur que maman peut avoir quand il y a une coupure d'électricité quand il fait nuit noire. La source me l'a également susurré.

Ma grand-mère maternelle avait oublié sa petite Léontine dans la pièce où elle recevait ses clientes. Elle était couturière professionnelle à domicile. Un soir, alors que toute petite, ma maman, jouant avec les amas de tissus, s'était vue enfermée dans cette grande pièce à haut plafond, seule dans le noir. Est-ce dû à cela la peur de l'obscurité ?! À cette question, je suis en mesure de vous répondre oui. Ici, dans l'invisible, tout n'est question que d'énergie et de vibration. Voilà son héritage. Cette énergie négative qui, et sans le savoir, vous consume et vous fait agir subitement par une peur incontestable qui vous enveloppe et vous fait chercher le disjoncteur à tout prix ! Des énergies qui sont là, partout, autour de vous, chaque seconde que le temps passe. Un temps qui n'existe pas dans l'invisible. Rappelez-vous de Philippe Guillemant ... Mais je veux rebondir ici sur cette peur que maman a dans ce genre de situation. Au demeurant, comment peut-elle l'avoir, car elle n'avait que deux ans quand cela lui est arrivé ?!

Il lui suffirait de connaître ce problème d'enfance pour que maman n'ait plus jamais peur du noir. Il en va de même pour toute sorte de blessures. D'ailleurs, c'est Natacha Calestrémé qui en parle le mieux dans un de ses ouvrages intitulé "Les clés de votre énergie".

Connaître et lever le voile sur cette douleur mentale, mais souvent physique également. Un mal de dos chronique hérité d'un ancêtre ayant vécu comme forçat dans des temps anciens par exemple. Ne riez pas mes amis. Pourquoi croyez-vous que l'on a inventé les placebos ?

— La petite bleue me va mieux que la verte docteur, vous savez ?!

Et pourtant même dosage, même cachet, donc même effet non ?! ... Et bien non, comme quoi le cerveau peut nous jouer des tours ... Pas notre conscience, notre âme. Il lui suffit de connaître ce problème pour récupérer cette énergie perdue et qu'elle n'ait plus peur du noir une bonne fois pour toutes.

... Moi, je le sais ... C'est tout.

Thil 2023.

MAMAN ...

- FIVE MONTHS -

Les gens et ce besoin d'anglicisme ... En voilà pour leur argent. Voilà qui est "fée". Comme celle que je côtoie dans l'invisible. Le lieu de tous les possibles. Tout le monde y a sa porte et le bonheur qui les attend. Croyez-moi et demandez à Eben, si vous le désirez ...

Aujourd'hui, c'est ma deuxième photo. Échographie pour les puristes. L'homme aux mains froides va encore toucher le bidou de maman.

— On va voir comment pousse Gabin.

Eh oh ! J'suis pas une plante verte ... Namého ! (*clin d'œil à Séverine Grare*). Quoi, je suis connecté à la nature, tout comme votre orchidée ou bonsaï qui trône chez vous, par un heureux hasard, bien que celui-ci n'existe pas, sachez le mes amis. Certains parleront de coïncidence ou au mieux de synchronicité. L'autre jour, avec maman *(je ne peux pas faire autrement !)*, nous avons vu passer devant nous, un tramway avec une publicité des dossiers de l'écran sur la contraception féminine. Une émission grandement suivie à ma naissance. Un signe pour rappeler à maman son rendez-vous chez le docteur ? Assurément. L'invisible fait bien les choses si vous y êtes attentifs ...

Il y avait également à la télévision, noir et blanc oblige, Télé-Couacs avec Catherine Langeais, l'épouse de Pierre Sabbagh, pour ceux qui s'en souviennent. Bref, Pierre s'est marié et a mis Sabbagh au doigt !!! *(Humour de fœtus, voyons !!!).*

Gus n'est pas là pour ce rendez-vous, mais une amie de ma mère l'accompagne. La grande Jacqueline, comme on la nomme. On dirait une girafe cette femme ! Pascal et Alain sont chez une voisine. Nous habitons dans un appartement dans le Nord de la France. Petite info gratuite ... Bref, pour l'instant, je suis ausculté sous tous les anges pour détecter d'éventuelles anomalies, et savoir une bonne fois pour toutes si la chambre sera rose ou bleue !!!

Sans surprise, j'ai grandi et mesure à peine vingt centimètres. Un géant, vous dis-je !! Je suis couvert d'un petit duvet appelé lanugo. Mignon comme appellation, vous ne trouvez pas ? ... C'est certainement pour cela que mon grand-père me dira plus tard :

—   Viens ici mon p'tit poussin ! Viens voir pépé !

L'innocence même où le monde entier pourrait vous couvrir de bisous. Pour l'instant, je suis un peu trop occupé à sucer mon pouce. Un réflexe de succion dira l'homme aux mains froides à maman. Un moyen pour moi de créer de l'endorphine. Des molécules neurotransmétrices capable de me procurer une sensation de bien-être favorable à ma détente, mais aussi à mon sommeil, que j'ai d'ailleurs subitement. Tous ces palpages m'ont donné une envie de dormir ... De rêver ...

Maman bouge beaucoup ces derniers temps. Et Gus qui veut toujours un câlin !

— Tu m'épuises Gustave, tu le sais ?! ... J'en ai déjà assez avec les jumeaux, vois-tu.

Est-ce cela le bonheur ? Un échange de remontrances pour au final s'embrasser ? Après certains diront :

— Ah les enfants !!

Nos parents seront pourtant notre exemple ... Mon exemple. Flottant littéralement, au sens du terme, mes songes me mènent sur un chemin tapis de mousse, où j'aperçois une vieille bâtisse en pierre bleue surmontée d'un toit de chaume donnant sur une prairie verdoyante bordée de pommiers en fleurs et d'un cours d'eau coulant paisiblement. Tout est bien réel dans ce monde qu'est l'invisible. Une simple pensée et je me retrouve assis dans un rocking-chair me balançant avec nonchalance sur cette terrasse en bois. Une pluie fine et chaude vient faire éclore quelques primevères sauvages. L'endroit est féerique. Un vieil homme s'approche.

— Bonjour fil de fer !

Mon grand-père, que j'ai à peine connu, m'appelait toujours comme ça. Il me fait un grand sourire. Je suis heureux tout simplement. Je pense au soleil pour que subitement ses rayons me réchauffent.

— Bonjour pépé ! Allons pêcher veux-tu ?

Et nous voilà automatiquement au bord du lac en train de taquiner le goujon ! N'est-ce pas incroyable ?!! Un univers interdit aux vivants que vous êtes. Un invisible semblant impénétrable et qui se trouve partout, autour de nous sans que vous ne vous en rendiez compte.

Souvent, l'odeur de la fumée nous vient avant de voir l'incendie, ou le parfum de la lavande avant d'en apercevoir le champ coloré, n'est-ce pas ? ... Allô ?! ... Ce monde où je me trouve, et à plus forte raison dans mes rêves, est cent fois plus réel que celui ou maman est en train de dormir elle aussi. C'est comme cela que je sais que maman est contrariée à propos de mes frères. Ces "deux singes" ont purement cassé le vase que Gus avait offert à maman. Comment réagira-t-il quand il saura le fin mot de l'affaire ? ... En plus, Gus a une grosse voix, vous savez. Je sais quand il rentre du travail croyez-moi ! Alors maman a décidé cet après-midi d'envoyer les jumeaux chez la grande Jacqueline. C'est là que son mental, ce fameux ego l'accapare littéralement.

— En attendant que Gus revienne, je vais trouver le moyen de lui annoncer ou pas la grosse bêtise d'Alain et Pascal. Question : comment réagira-t-il ? Après tout, ce n'est qu'un vase. Oui, mais déjà qu'il fait des heures supplémentaires pour joindre les deux bouts ... Le pauvre. Oh ces deux-là, j'vous jure !!!

Il suffirait d'être tout simplement honnête avec celui qu'elle aime. Pourquoi se compliquer la vie ? Allô ?! ... Et maman recommence de plus belle :

— Oui, mais il est tellement impulsif lui aussi !

À croire qu'une bonne claque lui fera ressentir un mal intérieur et atteigne son cœur de maman ? Ego quand tu nous tiens. Ils souffrent, je souffre. "Ce n'est pourtant pas ton action Léontine", lui souffle son ange gardien.

—   Puis comment expliquer à Gus que j'ai envoyé les enfants chez la grande ?

Ça mouline dur, maman !

—   Va-t-il les envoyer au lit sans manger ?

Souvent à l'époque …

—   Ce ne serait pas convenable.

On peut imaginer tous les scénarios possibles voyez-vous. Le ton monte entre maman et Gus. Des pleurs, des cris surviennent alors. Les frangins savent être solidaires apparemment. Il suffirait d'être dans l'amour. Le vrai …

—   Bonsoir mon chéri, les enfants ont fait une bêtise et ont cassé le joli vase que tu m'avais offert. Je les ai réprimandés comme il se doit.

Et le pardon …

—   Ils n'ont que cinq ans mon amour après tout.

Oubliez la grande Jacqueline qui prend toujours la parole, maman finit par ne plus écouter.

—   Je te laisse Jacqueline, j'ai à faire.

Et sur le chemin de la maison, toujours à gamberger à la manière d'avouer à son mari ce fameux vase de Soissons.

Maman les aime tous les trois. Euh ? ... Tous les quatre, maman ! Pourquoi s'inflige-t-elle cette épreuve alors que l'amour et le pardon effacent tout simplement ces sentiments nocifs qui la rongent ?! ...

J'vous l'dis mes amis, l'ego !! Et dans toute sa splendeur ! Je n'ai peut-être que cinq mois, mais je le sais ! Bref, dans tous les cas, maman en a profité pour se reposer un peu en attendant Gus. Comment va-t-il réagir en s'apercevant de l'absence de mes frères ? ...

Moi pour l'instant, je suis toujours avec pépé qui me dit :

— Il ne faut pas en vouloir à ta mère Gabin.

— Pourquoi tu dis ça pépé Fernand ? *(son prénom réel).*

— Pour ce vase, celui qui dans trois jours sera cassé par Pascal et Alain.

Et oui mes amis, où est la réalité entre l'invisible et ce monde terrestre ? Nous ne vibrons pas à la même fréquence tout simplement. Je vous invite également à lire les ouvrages passionnant et fortement documentés de Philippe Guillemant, qui je vous le rappelle est un ancien chercheur astrophysicien et expert en IA (Intelligence Artificielle).

Toujours dans mes rêves, dans l'invisible, je demande à pépé Fernand :

— Comment tu le sais pépé ?

— Ici le passé, le présent et le futur sont liés, fil de fer.

— C'est pour ça que maman est triste ?

— Oui, mais elle ne sait pas pourquoi elle est triste, mon p'tit chéri.

— Ben parce que Gus va crier sur Pascal et Alain pardi !!

— Oui, mais ce n'est qu'en réalité sa propre blessure, or elle ne s'en souvient pas car elle avait le même âge que tes frères.

— Et qu'est-ce qui s'est passé pépé ?!

— À cinq ans, ta mère Léontine a cassé un carreau à la ferme en allant chercher du lait battu ...

Mes grands-parents habitaient juste à côté d'une ferme à Estaires (59).

— Et je l'ai grondé vilainement. Finalement, elle a pleuré pendant deux jours.

Un transfert. Voilà ce que ma maman fait inconsciemment à propos de ce vase. Toute une histoire pour rien en réalité, mais tellement d'énergies perdues dont elle s'est privée toute sa vie.

— Ce n'était pas si grave pourtant, hein pépé ?!

— Non, fil de fer, mais j'aurai dû être plus conciliant à l'époque ... Avec plus d'amour et de pardon en moi, comprends-tu mon garçon ?

— Ben voui, pépé ! Je ne suis qu'amour pour l'instant, tu le sais bien !

Il continue en me disant simplement :

— J'aurais mieux fait de lui dire simplement que ce n'était pas grave, mais qu'elle aurait du faire attention.

Il ébouriffie mes cheveux blonds à souhait en disant cela. Ici, j'ai huit ans et je viens de pêcher un gros poisson avec pépé Fernand ...

- 28 cm / 700 gr. -

Six mois et deux cent cinquante mille divisions de cellules nerveuses à la minute, rien que ça les amis, qui dit mieux ?! Ah, j'allais oublier de vous dire à propos du vase … Est-ce un hasard que le lendemain, les deux chérubins ont ramené de l'école chacun un collier de pâtes à Maman ?

Gus avait bien ri en disant que la prochaine fois, il le ferait lui aussi, mais un dessous-de-plat en bois pour le rôti du dimanche. La sacro-sainte volaille de chez pépé Fernand quand il nous rendait visite le premier dimanche de chaque mois. Bref, maman est fatiguée, mais ses insomnies et ses bouffées de chaleur l'empêchent de se reposer comme elle le devrait. Pauvre maman. Gus travaille beaucoup et ne rentre que tard le soir. Puis, elle est fort occupée avec mes deux frères. Une bonne douche lui serait salvatrice. Cette eau qui se raréfie dans certains de nos fleuves, rivières ou simples cours d'eau. Celle qui donne la vie. N'avez-vous jamais entendu quelqu'un dire ou vous-même :

— Ah ! Une bonne douche ça fait du bien !!

Cette eau qui véhicule une multitude d'énergies. L'invisible me fait vous dire qu'en posant une simple intention d'amour à son égard en ouvrant votre robinet, cette eau vous régénère au plus haut point. Pour les septiques, à défaut, elle vous lavera d'une journée poussiéreuse et ennuyeuse. Personne ne pense à dépoussiérer son âme. Les "bonnes consciences" comme je les nomme le font une fois par semaine en la messe du dimanche matin. Nous voilà rassurés. Mes parents sont catholiques, je vous le rappelle, et je n'échapperais pas, tout comme les jumeaux d'ailleurs à cette sacro-sainte communion.

-AMEN-

Des insomnies qui nous, maman et moi, font aller aux toilettes plus que de raison. Elle crie sur les jumeaux, les pauvres. Ils jouent tout simplement et expriment leur bonheur, un peu bruyamment au goût de maman. Leurs cris sont aigus.

Que doivent-ils penser de maman lors de ses colères hormonales ? ... Quelles émotions ressentent-ils ? De la peur peut-être ? Une tristesse à coup sûr. Voilà où les blessures commencent. Le formatage également, il est mis inconsciemment en place, et en cela tout au long de votre vie.

Quatre ans. J'exprime mon bonheur et on me réprimande ... À cet âge-là, et sans le savoir, l'information est stockée dans votre mémoire dormante, si j'ose l'appeler ainsi. Une projection inconsciente pour maman durant sa petite enfance ? ... Lors de mes sorties dans l'invisible avec pépé Fernand, il me dira que souvent ma mère était réprimandée quand elle jouait bruyamment avec son frère aîné. Est-ce un transfert que maman aurait simplement reproduit ? Assurément mes amis. Mes frères, Alain et Pascal, apprendront vite également à comprendre comment attirer l'attention sur leur petite personne.

Un jour, Pascal tombe gravement malade, et il fut de toutes les intentions de la part de Gus et maman, délaissant au passage Alain. De là, naîtra ce que je vous appelez dans votre monde la jalousie. Rappelez-vous que je n'y suis pas encore à presque six mois de grossesse ! Mais nous reparlerons de ce que peut être ce fléau qu'est la jalousie.

Rassurez-vous, moi aussi, j'y serais confronté dès ma sortie ! Cette fameuse naissance tant attendue par mes parents et le reste, qui sera pour la fin de mes jours, ma Famille avec un grand F. Son lot de bonheur, comme de casseroles, que la majorité d'entre nous n'arrivent pas à se libérer. Et comme me l'a confirmé aussi pépé Fernand.

— C'est transgénérationnel, fil de fer ! On y peut rien ! Bien que je regrette maintenant et amèrement d'avoir crié sur ta pauvre mère étant petite. Il m'aurait suffi de lui demander de faire moins de bruit avec son frère ...

Ah ! Quand l'ego nous tenaille ! Ce fameux mental. Puis les enfants sont comme des éponges. Ils absorbent toutes les informations que les adultes peuvent dire, par leurs mimiques également.

Pourquoi quand je suis malade, je suis de toutes les intentions et que quand je suis heureux, ça les énerve au plus haut point ? Les chérubins savent jouer la comédie, n'est-ce pas ?! ... Allô ?! ...

Je suis sensible aux caresses extérieures. Celles que maman se fait sur le ventre, comme pour m'apaiser, me rassurer. J'en perçois chaque vibration avec une agréable sensation de chaleur. J'adore cela. Je t'aime maman.

Ont-ils eux aussi cet amour inconditionnel que j'ai en moi dans le ventre de maman ? Hélas non et je trouve cela bien dommage d'ailleurs. Certains le touchent du petit doigt comme Gandhi ou Mère Teresa, pour ne citer qu'eux. Bref, je pousse. Ma silhouette évolue et mon poids se fait conséquent. "Ma chambre" s'adapte, si je puis dire et les rondeurs de maman se font visibles depuis peu, au grand plaisir de Gus et de la confirmation rassurante de l'homme aux mains froides.

— Tout va bien, Léontine. Il a pris du poids depuis votre dernière visite.

Maman est vraiment rassurée, Gus par la même occasion.

— Je dois filer ma chérie. Mon patron, malheureusement ne m'a donné que ma matinée pour t'accompagner.

— Eh ho !! Et moi alors ?! Je t'entends Gus, tu sais !

C'est alors que cette lumière intense, provenant de l'invisible, se transforme en vibration pour venir résonner en moi avec beaucoup d'amour. Mentalement et avec grande compassion, il me dit :

— Ton géniteur ne veut que ton bien Gabin. Souviens-toi que tu as choisi cette famille d'âme.

Voilà pourquoi j'ai le cœur pur et non pollué par l'extérieur. Ici, c'était un rappel à l'ordre de mon ange gardien, si j'ose dire. Il est normal que Gus pense à maman. Ai-je eu là l'espace d'un instant ce sentiment de jalousie envers lui ? C'est tout à fait ça. Une chose terriblement destructrice, avouez-le ?! ...

Finalement, comme je vous disais plus haut, mon frère Alain a développé inconsciemment ce mauvais ressenti, et cela, malgré lui du haut de ses cinq ans. La jalousie. Le fait que Pascal joue la comédie avec maman quand Gus n'est pas là, l'est tout autant. Ses migraines imaginaires faussent complètement son petit cœur pur en ce qui concerne l'amour inconditionnel. Ne croyez-vous pas ?! Allô ?! ... Il n'a pourtant que cinq ans ...

Je ne saurai que bien plus tard, que la comédie, du malade imaginaire, jouée par Pascal n'était qu'en réalité dû à ma présence dans le ventre de maman Léontine. Encore une partie de son innocence pure qui s'en va ... De l'énergie comme dirait Natacha Calestrémé. Pascal n'arrive pas à trouver sa place ...

Rassure-toi frangin, je t'aime et je ne t'en veux nullement. Maman a ses hormones qui travaillent et ne veut pas le chagriner. Un amour plus grand, de sa part, envers toi éviterait cette blessure qui naît en toi et qui te poursuivra toute ta vie. Ta fameuse énergie. Ton essence même qui te compose et rappelons le à 99.99 %. Le reste n'est que du vide. Je ne suis qu'une infime partie d'énergie dans le ventre de maman. Je vais bientôt avoir sept mois ...

- 212e jour ... -

Sept mois pour faire simple, je vous épargne la virgule. 212 est aussi l'article du code civil : "Les époux se doivent mutuellement respect, fidélité et bla bla bla".

Je voulais le souligner, puis je sais très bien que maman aime Gus. J'en suis la preuve. La mort seulement éloignera maman de Gustave. Dans l'invisible, ma connaissance est sans limite et l'Univers un immense terrain de jeu et de découverte. Moi, je dis qu'il est préférable d'oublier avant de sortir et de faire mon premier cri.

L'Univers fait bien les choses à commencer par me faire grandir. Je mesure trente-huit centimètres et pèse pas loin d'un kilo cinq maintenant. L'homme aux mains froides a également dit que c'était normal que je sois plus agité quand vient le soir, car quand maman dort, j'ai plus de place pour m'étendre et gesticuler. Je ne l'aime pas, mais je confirme ses dires ! Puis c'est lui le docteur non ?! En plus, il a un nom d'oiseau ! J'vous jure ! Quand maman attend Gus pour ma visite, elle lui dit toujours :

—   Le docteur Poulet nous attend mon chéri, on va être en retard.

(C'était réellement le nom de notre médecin de famille jusqu'en 1977).

Durant ce septième mois de ma conception, je passe souvent dans l'invisible rendre visite à pépé Fernand. Après tout, dans ce monde vibratoire et aux couleurs ineffables, j'ai la connaissance de mon futur. Comme le décès de maman et des grands événements que j'aurais à surmonter et qui jalonneront mon existence dans la matrice. Votre monde pas le bidou de maman voyons ! Par contre, blocage total quand il s'agit de ma propre mort.

L'invisible aussi fait bien les choses n'est-ce pas ? C'est vrai, qui voudrait connaître l'heure et la date de sa propre mort ? Sans jeu de mots, ce serait invivable non ?! Puis l'invisible me préserve de cela. Pourtant, il y a peu, avant de choisir ma famille d'âme, je le savais également. Bizarre, tout de même, bien que l'invisible se dissipe peu à peu autour de moi. Chaque jour, ici-bas, mes cellules construisent mon petit corps. *Je pèserais tout de même quatre kilos trois à la naissance.*

Mais l'invisible reste implacable malgré tout. Il peut vous enlever l'être le plus cher que vous avez dans ce monde terrestre en vous laissant dans un désespoir le plus total. Certains ne s'en remettent jamais, d'autres des dépressions sévères à répétition, sans parler de l'alcoolisme pour quelques-uns. À quoi bon ?! Pourquoi faire du mal alors que vous avez votre vie à continuer ?

Vivre avant tout pour soi-même, mais également pour les autres. Répandre le bonheur. Son bonheur comme dit mon grand-père Fernand, faisant en sorte que sa vie soit amour et remplie de sagesse.

Mais souvenez-vous de ce fameux ego qui vous tiraille. Certes, indispensable pour votre survie, mais qui vous confronte à vos peurs, vos doutes. Voilà ce que l'invisible vous invite à faire, c'est tout simplement à lâcher prise. Aimer à tout-va, être en symbiose avec tout ce qui vous entoure. S'émerveiller de Dame Nature quand les premiers bourgeons vous font penser au printemps, au bonheur en quelque sorte. Les vacances que vous avez programmées cet été avec les êtres qui vous sont chers. Il est vrai que vous êtes plus souriant sur la plage que dans les bouchons du retour. Pourquoi cette attitude ? Que votre ego vous martèle le crâne en pensant au patron ou aux collègues de boulot sur le chemin du retour ? Maman qui pense soudainement aux jumeaux et à la crèche qui va les accueillir. Sera-t-elle bien ? Seront-ils heureux sans la présence maternelle ? Lâcher prise non de non !! *(On ne blasphème pas dans l'invisible)*.

Lors de nos dernières vacances, après un week-end dans les Ardennes Belge, j'aurais voulu dire à maman, criant sur Pascal et Alain se chamaillant sur le siège arrière de notre 403 break Peugeot :

— Mais profite du paysage maman ! Ouvre ta vitre et respire l'odeur de cette forêt luxuriante que nous traversons !!! *(Carpe diem somme toute)*.

Comme réponse *inconsciente*, elle dira à Gus :

— Il a bougé !! Il m'a donné un coup de pied le chenapan !

Et mon géniteur qui quitte une main de son volant pour vérifier cette véracité. Attention, la route papa ! Deuxième coup de pied.

— Mais oui, Léontine !!

À mon grand regret, jamais de toute sa vie, je n'entendrais dire Gus "je t'aime" à maman ... Une blessure inconsciente que j'aurais à gérer à ma sortie sûrement. C'est sûr, me confirme l'invisible. Le fameux karma comme vous l'appelez.

Notre retour de ce week-end en forêt domaniale fut reposant malgré tout. Mes deux grands frères ont fini par s'endormir sur la large banquette. À l'époque, les ceintures de sécurité n'étaient pas à l'ordre du jour. Cela aurait évité à pas mal de gens de côtoyer l'invisible plus tôt que prévu. Puis mourir après sa progéniture n'est pas dans l'ordre des choses, vous vous en doutez bien. Si cela venait à vous arriver, vous feriez comme la majorité des miraculés, je suppose, à savoir profiter et croquer la vie à pleines dents n'est-ce pas ?! ... Allô ?! ...

L'invisible, leur aurait-il soufflé quelque chose à l'oreille ? Se rendre compte subitement que la vie est précieuse ! De ne pas vouloir rester sur un regret à la personne que l'on aime avant de se faire heurter de plein fouet par un camion ?! Le mot regret. Typiquement humain à mon avis. Mais après tout, je n'ai que sept mois ... N'est-ce pas ? ... Et pas encore parmi vous, rappelez-vous. L'invisible me susurre à mes oreilles naissantes, qu'il me faudra partager dans votre monde cette envie d'embellir les personnes en face de moi, par rapport à ce qu'ils sont vraiment, non pas à ce qu'ils croient être. Leur dévoiler leur beauté intérieure, leur amour de soi. Les gens se trompent eux-mêmes voyez-vous.

Qui n'a jamais râlé ou vociféré en klaxonnant ? Qui ne déborde pas d'amour envers ses enfants ? ... L'amour, c'est donc aussi aimer l'inconnu à qui on referme sa fenêtre sur son passage sans vraiment savoir pourquoi. Votre ego vous trompe. Il pense vous protéger assurément, mais vous protéger de quoi finalement ? D'un sourire que vous auriez pu échanger ?! ...

Regardez le nombre de points d'interrogation que j'ai noté plus haut sur cette page. Oui, c'est bien notre mental (ego) qui nous ... Enfin ... Vous fait vous poser toutes ces questions alors qu'il serait plus simple de vous laisser porter par la vie. Toute cette beauté qui nous entoure et que beaucoup n'y prête plus attention. Et cette célèbre phrase maintes fois entendue lors de funérailles :

— J'aurais tant voulu lui dire que je l'aimais malgré ses nombreux défauts.

Pourquoi vous vous en êtes privé lorsqu'il était encore parmi nous ? La peur de décevoir tata Jeannette ? Tyrannique au possible avec le tonton décédé subitement d'une crise cardiaque ?

À contrario, le tonton croule d'amour dans l'invisible en espérant que sa chère et tendre, restée dans la matrice arrive enfin elle aussi à vivre dans la paix et l'harmonie. Trouver l'amour tout simplement. Malgré son caractère despotique, l'invisible ne la joue pas. Grand-père Fernand me le dit souvent quand je le rejoins sur d'autres vibrations. Le haut astral comme certains le nomme.

Vous avez remarqué qu'il suffit d'un événement marquant pour que les personnes révèlent leur vrai "moi" ? Après une catastrophe, nous travaillons à l'unisson pour donner du réconfort aux gens en détresse *(et selon nos moyens)*. Argent sous forme de dons, vêtements, nourriture ... Pourquoi nous ne faisons pas cela au quotidien ? Un voisin que l'on sait en difficulté et bien d'autres exemples où il nous suffirait tout simplement d'avoir de l'amour, du cœur tout simplement.

Mais vous connaissez tous sans exception ces trois mots : Métro – Boulot – Dodo. No comment. Puis vient ses proches, sa famille, ses amis et tout va bien dans le meilleur des mondes. Enfin, on le croit. Il est tellement plus facile de se voiler gentiment la face, de détourner le regard ou pire fermer la fenêtre discrètement pour éviter de discuter, de dire un simple bonjour ponctué d'un sourire, à une personne qui passe tout simplement dans la rue. Je ne la connais pas, point. Comme par exemple "trifouiller" subitement son portable ou se trouver un ami imaginaire à l'autre bout du (sans) fil alors que votre écran est d'un noir obscur absolu. C'est bien par bêtise disait si bien notre ami Coluche, alors qu'il suffirait d'un simple sourire à défaut du bonjour que l'ego a du mal à nous faire prononcer. Vous ne croyez pas que l'on aurait pu éviter beaucoup de conflits mondiaux, car il suffit d'un différend entre deux êtres pour que naisse le chaos. Deux personnes représentant des millions de leurs concitoyens ? L'exemple est flagrant, n'est-ce pas ?! Allô ?! …

Nous sommes en 2023, voyez ce qui se passe actuellement en Europe de l'Est et à quelques heures de vol de notre capitale ? Et que faisons-nous ? Des colis, des collectes, des événements locaux en leur soutien. De l'amour en carton pour se donner bonne conscience *(pour certains !)*. Que font ces deux êtres pour apaiser leurs différends, leur haine ?! … L'un coupe les vannes, l'autre se déguise en VRP multicartes pour aller quémander plus d'armes !! Non. La phrase "on croit rêver" n'a pas sa place en réalité, car c'est justement ce qui se passe, malheureusement.

Quand y aura-t-il une conscience collective pour arrêter tout cela ? D'autres guerres pour ensuite plus de compassion ? Où tout simplement sourire à un inconnu que l'on ne connaît pas ? Réfléchissez mes amis …

C'est en faisant mes recherches pour ce roman et vous citez cet exemple écrit plus haut, que j'ai appris que le temps d'un vol entre Paris et Kiev est d'environ 03:33 heures. Pour ceux qui s'intéressent à la numérologie ou tout simplement à la spiritualité y verront quelque chose d'intéressant. Les heures miroirs en font partie également.

3 3 3

Je vous invite à "googliser" mes amis, ça vaut le coup d'y jeter un œil ...

- LE SIGNE DE L'INFINI -

Un huitième mois bien allongé pour maman. Gus a descendu le lit conjugal dans le salon en face de la cheminée pour que maman évite les escaliers, c'était avant de vivre en appartement. Son ventre a bien grossi, car je commence à prendre beaucoup de place. Lors de sa, enfin la nôtre, dernière visite, l'homme aux mains froides lui avait dit :

— Il vous faudra vous coucher sur le côté gauche afin de favoriser une meilleure circulation veineuse.

— Bien Docteur.

Ses mots résonnent encore en moi.

— J'ai les jambes lourdes Gus.

— Je sais Léontine. Tu seras bien ici. Les jumeaux, je m'en occupe.

De mon côté, j'ai passé les quarante centimètres. Waouh !! Faites "péter" un blédilait !!!

Je vais garder le sens de l'humour au grand dam de mes futurs enfants qui plus tard me diront souvent :

— T'es lourd papa !!

(À bientôt soixante ans maintenant, ça je le sais !).

Mais revenons à moi, Gabin, et à mon petit corps qui se peaufine de plus en plus. Je perçois nettement les sons qui m'entourent et des voix me sont maintenant familières à commencer par celles de mes deux frères. Ils se chamaillent souvent, ce qui n'aide pas maman pour se reposer. Puis je gesticule beaucoup aussi. Ah ! Si tout pouvait être plus simple. Mais la vraie vie n'est pas une pub, comme celle qui passe sur les trois chaînes de notre télé noir et blanc. *(Rappelez-vous ... La télécommande).*

Le fameux bol fumant de cacao avec cet homme de couleur qui disait : "y'a bon Banania !". Quarante et un an plus tard, soit en 2005, il y aura une polémique sur le slogan.

Dans votre monde, les grandes personnes essayent parfois de se donner bonne conscience. Une personne de couleur ayant de l'amour en lui, y verra une franche rigolade avec cette publicité, une autre de sa patrie n'y verra que provocations et dénigrements. Une blessure probablement dans son enfance sur ses origines africaines dans la cour de récréation ? Le choix est vaste mes amis.

Pourtant, l'invisible vous bombarde de signes, vous parsème également de synchronicités pour vous faire vivre en paix et en harmonie. Comme pensé à appeler l'oncle Alfred à propos de la grossesse de Léontine et Gus de voir fortuitement en revenant de son travail, un camion de transport où il est écrit sur toute la longueur : "Céréales Alfred pour votre bon pain". Un hasard ? Pour les septiques généralement, bien que, je vous l'ai déjà dit, le hasard n'existe pas. N'est-ce pas ?! ... Allô ?! ...

L'invisible nous tend vers l'amour de soi pour pouvoir aimer sans condition votre prochain, les autres comme on dit souvent vulgairement. Par contre, pour vous faire consommer, certains ont de l'amour à revendre !!

Rappelez-vous cette publicité assez récente pour une célèbre assurance *(en plus !)*. Un local incendié avec ce malheureux assureur qui voit subitement venir à lui tous les habitants du quartier, lui ramenant de quoi recommencer à zéro. Avouez que dans la vraie vie, cela ne se passe pas du tout comme ça. Chacun son "caca" après tout ?! ... Non ? ... Pourtant, c'est ce que l'invisible vous pousse chaque jour à faire, mais chacun préfère regarder son nombril et s'occuper de sa petite famille ou de son cercle d'amis. N'est-ce pas ?! ... Allô ?! ... Je prends ici volontairement le pronom personnel de la deuxième personne du pluriel. Vous, car je ne suis qu'un fœtus de huit mois et côtoyant de surcroît l'invisible. Le quantique pour les plus rationnels d'entre ... Vous.

Je n'ai aucune perte d'énergie pour le moment. Je suis entier. Autant dire PUR. Mais pour combien de temps ?! ... Dès le premier AREUH avec un sourire béat ? Quand maman me reprochera à un an, que je ne mange pas assez vite ma bouillie ?! Allez savoir ... Moi, j'appelle cela de la vampirisation inconsciente. C'est monstrueux quand vous y pensez. N'est-ce pas ?! ... Allô ?! ...

Et bien, c'est un peu ce que je fais subir à maman bien malgré moi. Sa fatigue, ses douleurs dorsales et je ne vous parle même pas de ses maux de ventre ! Je me rassure malgré tout car ce sont les symptômes, somme toute normaux, arrivé à ce stade de ma conception, de sa grossesse contrairement à ce que j'ai écrit un peu plus haut en parlant de ma première bouillie. Comment à un an, pourrais-je savoir pourquoi ce comportement soudain envers moi ?!

— Mais tu vas la manger cette bouillie, Gabin ?! Oui ou non ?!!

Mon petit corps frétille sur la chaise haute que Gus a confectionnée lui-même *(il n'a pas oublié le petit boulier aux grosses billes rouge et bleue)*. Qu'ai-je fait pour mériter cette réprimande ?

— Excuse-moi mon chéri. Je t'aime.

Et hop, un bisou baveux, Beurk !!! N'est-ce pas là une blessure mentale venant me substituer un peu de mon énergie dans mon corps de bébé ?! … Rien de grave, me diriez-vous puis qui se souvient de son premier biberon ?

C'est pourtant à la naissance, ou je devrais dire dès la naissance, que nous perdons cet amour inconditionnel. Ce contact avec l'invisible. Certaines personnes auront, si j'ose dire encore un pied dans l'invisible. Je n'aime pas dire l'au-delà pour désigner l'ineffable. À quoi bon ? Dans un mois, j'aurais moi-même quasiment tout oublié, à commencer par pépé Fernand. Néanmoins, et durant mes six premières années, j'aurais souvent la visite de mon ami imaginaire *(Gus y mettra un terme sans vraiment faire preuve de délicatesse).*

44

—   Et arrêtes de parler tout seul bêtement ! Veux-tu ?! ... *(Mes énièmes pleurs)*

BIM ! Énième blessure *(si jeune !)* à encaisser et à garder pour soi bien évidemment. Comment lui dire qu'il est bien réel pour moi ? Bref. Revenons au monde médiumnique où malheureusement et à mon grand regret, on y trouve beaucoup de Mme Irma et de Mme Soleil. Je ne vous parle même pas des marabouts laissant systématiquement leur carte dans votre boîte aux lettres. Ils vous ramènent votre femme plus vite qu'elle n'est partie du domicile conjugal !!

Même moi, fœtus, je ne suis pas dupe. Non, je vous parle ici de vrai médium comme par exemple Patricia DARRÉ, reconnue dans le monde médiumnique. L'invisible lui parle ou plutôt des personnes, comme pépé Fernand *(s'il le désire)*. Une chose arrivera après le décès de maman Léontine. Oui, je sais cela aussi et je n'en suis pas triste curieusement. L'invisible m'enveloppe d'amour.

Moi Gabin à l'aube de mes cinquante ans, je recevrai un coup de fil de l'au-delà comme vous dites. Un simple "Allô". J'ai reconnu de suite le timbre de voix de ma maman ! Des frissons m'envahissent à chaque fois que j'en parle. Aucun numéro affiché ou resté en mémoire. L'invisible m'avait tout bonnement envoyé un message, comme pour dire :

—   Je vais bien. Tout va bien, Lilippe.

Curieux non ?! Et pourtant, je puis vous assurez que c'est la stricte vérité. N'en déplaise aux septiques qui n'arrivent pas à ouvrir leur cœur, leur soi intérieur. Lilippe sera mon surnom quand j'aurais huit ou neuf ans. Ça aussi, je ne le saurais que plus tard. L'invisible vibre différemment de celle de votre monde matériel, et à de bien plus hautes fréquences.

Avec maman, remarquez, je ne vois pas comment je pourrais faire autrement ! Nous sommes allés à Lille en tramway *(totalement disparu du paysage urbain de nos jours)*. Besoin d'exercice, avait-elle dit à Gus.

— Mes jambes vont mieux.

Plus tard, des varices viendront lui rappeler son âge … Ce temps, si bien défini dans votre monde. En parlant de temps, maman n'a pas choisi le meilleur jour de ce mois de juin 64. Il pleut figurez-vous. Sa capuche en plastique transparente fera l'affaire. Nous descendons à notre arrêt près de l'Opéra. Notre petite ville, La Madeleine, est à deux pas de Lille. Puis papa travaille. Va-t-elle lui rendre visite à son travail chez Watteau ? Mon père y est contremaître. Non, tout simplement flâner dans les rues de Lille. Maman remonte le col de son manteau Houplines. Le froid s'installe et moi, je suis bien au chaud dans son ventre. Pépé Fernand m'a dit que petite, Léontine adorait faire des boules-de-neige avec ses frères et sœurs. Les grandes familles du Nord d'antan *(ils étaient onze à la maison)*. Normal à l'époque du Baby-boom*. La pluie fine cesse aussi vite qu'elle est arrivée. Nous sommes sur la place du Général De Gaulle, rebaptisée en son honneur vingt ans plus tôt en septembre 1944.

---

*Baby-boom : *ou pic de natalité. Période exceptionnelle de la fécondité entre milieu 1940 et 1960 dans les pays développés.*

Un enfant du pays comme on dit, né ici même à Lille en 1890. Non loin de la vieille bourse ainsi que la Voix du Nord. Un journal résistant m'avait expliqué pépé Fernand. Ici, dans l'invisible, ma connaissance est immense !! Demandez un peu aux expérienceurs. Les miraculés chez les fervents croyants. Amen … Et oui, on a de l'humour dans l'invisible voyez-vous.

En fait maman est venue rejoindre la grande Jacqueline. La seule amie que je lui connaîtrais … Pauvre maman. Sa vie n'a pas été des plus heureuses malheureusement. Ça aussi, je le sais. D'ailleurs, bien des années plus tard, j'en ai voulu à Gus. Mon ego avait bien grandi lui aussi … C'est pourtant si simple d'ouvrir son cœur et si difficile à la fois quand votre mental vous martèle que c'est de sa faute. Celle de mon père … Ferais-je mieux quand je sortirais ? Non, hélas. Mon divorce et mon alcoolisme me mangeront littéralement mes énergies. Quand je pense qu'il aura fallu presque soixante ans pour m'ouvrir à la spiritualité. De me documenter et de commencer ce changement profond en moi pour devenir meilleur. Je suis loin d'être mère Teresa, mais j'abonde dans ce sens. J'ai appris une chose importante, mais tellement libératrice. Le PARDON.

Bref, *mon mot fétiche*, nous avons déambulé et admiré les vitrines pour y dénicher les dernières nouveautés. Enfin, par la force des choses bien entendu. Je perçois les sons extérieurs, comme la cloche du tramway passant non loin. Curieusement, maman n'a plus les jambes lourdes et les douleurs qui vont avec. Ah ! Quand l'énergie vous pousse à faire des minis miracles, à vous faire oublier vos douleurs dorsales. Cela fera une heure que nous déambulons dans le quartier du Vieux Lille. Mon espace de vie fait office de caisse de résonnance et le rire de maman me parvient en douce vibration qui me fait réagir.

— Oh ! Il a bougé Jacqueline !!

Maman est bien … Je suis bien.

— Le prochain tramway est dans dix minutes Léontine et il est à deux pas.

De la porte de Gand, nous sommes à deux pas de La Madeleine. Dans moins de deux mois, je pousserai mon premier cri ici même à Lille, Boulevard Vauban. Je ressens les bonnes images que maman dégage en elle. Quand on pense que finalement, il suffit d'être bien au moment présent pour oublier naturellement les petits tracas du quotidien, mais surtout cette fabuleuse capacité à transcender ces maux physiques qui nous handicapent. Telle maman qui ne peut marcher longuement comme elle le fait actuellement.

Puissante, cette énergie n'est-il pas ?! … Un placebo hautement naturel au final. Il en est de même avec les paroles que vous prononcez ou celles que vous recevez de la part de votre interlocuteur.

La dernière fois *(et toujours avec maman)*, quand nous attendions dans la salle d'attente du Docteur Poulet, pour une visite de routine, mon poids ! Une dame est sortie de son bureau avec le sourire aux lèvres. Le praticien lui avait simplement dit pour conclure sa visite :

— Tout va bien se passer. On va y arriver.

L'invisible m'a insufflé son histoire. Cette dame venait de perdre il y a peu sa maman. Dans la foulée, elle a pris connaissance de son cancer naissant sur sa poitrine gauche. Rien de reluisant, mais j'ai capté à cet instant, dans cette salle d'attente, une puissante énergie entourait cette femme, lui occasionnant des frissons de bien-être tout le long de son épine dorsale. Une force intérieure venait de pénétrer en elle après ce terrible diagnostic qui venait de lui être dévoilé. Une simple phrase d'amour venant de cet homme de science avant tout. Sa rémission fut totale après quelques consultations régulières.

Voyez ce que cela peut faire et la puissance que peut donner l'amour à autrui. Le fait qu'une maman dise à son enfant de quatre ans, le voyant perturbé, une phrase toute simple :

— Aide-moi à t'aider.

Vous lui donnez de l'importance et sa personnalité ne peut que s'épanouir devant cette réaction soudaine de votre part. Une complicité fabuleuse entre une mère et son enfant. Ne croyez-vous pas ? *(Merci à Chantal Rialland, pionnière dans la psychogénéalogie)*.

L'inverse peut être tout aussi dévastateur quand je parle d'une phrase ou d'une parole non contrôlée dite sur votre interlocuteur. Même si de suite, vous le regrettez, le mal est fait ... N'est-ce pas ?! ... Allô ?! ... L'exemple le plus représentatif est celui que vous avez tous connu si vous avez votre permis de conduire. Ah ! Les noms d'oiseaux que l'on peut désigner dans ces moments-là !! Avez-vous pensé que la personne dont vous venez de faire une queue de poisson est justement le banquier que vous allez voir pour l'octroi de votre prêt ? Ou un collègue de travail que vous n'avez pas reconnu ?! ... Il est facile de se confondre en excuses alors que l'amour et la compassion donne de bien meilleurs résultats ? Un signe ou un sourire au passage piéton quand vous laissez cette gentille vieille dame à passer vaut tout l'or du monde n'est-il pas ? ... Même si un bon vieux ...

— 	Connard !!!

Vous soulage à l'instant T. Vous accumulez là des énergies négatives, donc vous perdez les meilleures qui étaient en vous. Au total, votre prêt n'est pas accepté et scène de ménage de retour à la maison avec madame qui s'énerve également en pensant à comment faire pour l'extension de la chambre du futur bébé ! Un effet papillon peu réjouissant non ?! Le terme exact est se morfondre. Je rajouterai ... Pour rien.

Le rire de maman résonne toujours en moi, en me remplissant de joie et de bonheur intense. Son bonheur, celui qu'elle vit actuellement avec la grande Jacqueline. Puis je vous parlais tout à l'heure des nouveautés (1964) qu'elles ont finalement trouvées avec les derniers tubes musicaux. Je ne sais pas si ma présence est due à ses choix, mais les deux titres que maman a acheté sont "La Mama" de Charles

Aznavour et "Ma vie" d'Alain Barrière. J'aime l'entendre sur le chemin du retour.

De l'amour. Voilà l'énergie qui se dégage autour de moi actuellement. Le bonheur, c'est d'être entouré avec des gens qui vibrent de la même manière que vous.

—   À demain Léontine. J'ai passé un excellent après-midi.

—   Moi aussi Jacqueline. Bonsoir à ton mari.

- LA QUILLE -

Moi, ce sera en plastique aux couleurs de l'arc-en-ciel à quatre ans et au pied du sapin. 1968, une année chargée en émotions négatives. Cela s'est passé sept mois plus tôt, en mai plus exactement, mais je vous en parlerai plus tard si vous le voulez bien.

Pour l'instant, le petit cousin de maman fête la sienne, après un service militaire qui a duré dix-huit mois. Aujourd'hui, le premier juillet 1964 exactement, le service est ramené à une durée de seize mois. Pour moi, plus tard, ce sera une tout autre affaire ... Je vous raconterai !

—   C'est la quille !

Cette expression désignant la fin du service militaire. Aujourd'hui, cette locution a un sens plus large et traduit par un départ, une libération. S'enfuir où les quilles désignaient les jambes. Bref, le cousin est malgré tout heureux de l'avoir terminé.

Pépé Fernand m'a emmené dans l'invisible profond. Celui de bas astral où les personnes vibrent si bas que leurs murmures ressemblent à des plaintes lancinantes, cruelles et remplies de haine.

—   Allons guerroyer, mes fidèles sujets !!

Ai-je entendu alors que pépé Fernand me ramenait à lui pour se retrouver illico dans cette prairie bordée d'un lac turquoise et assis là, tranquillement sur une souche d'arbre fleurit à souhait !!

—   C'est moche pépé la guerre.

Il m'ébouriffie mes cheveux parfaitement blonds.

—   Je sais, fil de fer.

Je souris, car ce sera le surnom que maman me donnera ... Je pense vous en avoir parlé plus haut. Regardant un papillon multicolore survoler l'étang, je lui demande :

—   On ne peut pas arrêter les guerres pépé ?!

Fumant sa pipe remplit de tabac gris, il dessine un cœur parfait en soufflant par la bouche. La volute fumée s'éparse aussitôt. Je ne suis pas surpris. Après tout, je suis dans l'invisible. Il finit par me dire en me regardant de ses yeux bleus intenses :

—   C'est un peu pour cela que tu vas bientôt rentrer dans un monde que je connais que trop bien fiston.

Il ajoute avec douceur :

—   Beaucoup de gens comme moi ont quitté ce monde, que tu vas découvrir, avec énormément de regrets. N'en aie aucun quand tu viendras me rejoindre à l'aube de ta vie terrestre Gabin. Aie de l'amour et de la compassion à donner.

Au moment où je veux lui répondre, je me sens comme happé, soustrait à ce monde merveilleux. Maman a des contractions dues à mon avidité de connaître et d'écouter les sages conseils de pépé Fernand.

— Là, il a plus que bougé, Gus !

— Mais ce n'est que dans un mois Léontine !?

Chamailleries d'humains. Je pense cela. Des murmures qui prendront vite écho dès que j'aurais l'âge de marcher … Puis pour ne rien arranger, les jumeaux ont encore fait des leurs apparemment.

— Va plutôt les surveiller Gus. Je vais appeler le Docteur Poulet. Ça va aller.

Il est vrai que je prends de la place maintenant dans le ventre de maman. Ses pensées sont contrariées. Est-ce parce que je vais naître le 13 de ce mois de juillet ? Certains y verront un signe assurément. Puis ma maman est née un 13 également, en 1933. Des chiffres symboliques, vous dis-je. Comme les deux cents grammes que je prends dorénavant chaque semaine ! Je comprends les douleurs dorsales de maman.

D'ailleurs, Gus ne veut plus que maman se rende à Lille par les transports en commun. L'affaire est close puis maman a souvent des crampes dans les jambes. Plus tard, elle y apposera des bandes à varices. L'invisible me l'a soufflé…

Je change malgré moi, l'équilibre hormonal de maman. L'invisible s'éloigne de plus en plus de moi. Treize. Le nombre de jours qu'il me reste à pouvoir discuter avec pépé Fernand et ses nombreux amis. Dernièrement, il m'a dit qu'il avait accueilli un arrivant, ici dans votre monde vous appelez ça défunt.

C'était un jeune homme qui fêtait sur Terre ses dix-huit ans. Un rebelle devant l'éternel malgré son jeune âge. Une incarnation que son âme avait pourtant choisie … Après son décès brutal, sa maman mettra en place une association qui plus tard deviendra une fondation aidant dorénavant des milliers de famille au-delà de nos frontières sur les accidentés de la route. Un bien pour un mal. Vous avez déjà entendu cette phrase n'est-ce pas ?! … Allô ?! …

Était-ce son chemin de vie ? L'invisible reste mystérieux avec les âmes qu'il accueille … Ou qu'il envoie … Ne pas avoir de regret. Voilà ce que me martèle pépé Fernand depuis bientôt neuf mois maintenant. Et ce mot, mainte et maintes fois prononcé lors de nos échanges astraux : l'AMOUR.

Vous avez cela en vous … Au plus profond pour certains et il leur faudra sans doute plus qu'une vie. A contrario, certains de vos contemporains "brillent" déjà sans vraiment le vouloir. Une personne que vous remarquez aisément parmi la foule. Celui ou celle qui dégage ce que vous appelez un Aura. Une vibration haute. La résonnance du cœur tout simplement. Une douce fréquence émane de ces gens-là sans réellement savoir pourquoi on se sent bien en leur présence.

Ils sont tout simplement en amour avec eux-mêmes. Inconscient, il vous efface les peurs, les préjugés ou les doutes que vous avez en vous. À cet instant, vous êtes vous-même. Une pointe d'amertume personnelle vous accapare en vous disant que c'est finalement tellement simple d'être soi-même. Vous enviez presque cette personne avec qui vous venez de passer quelques instants, quand vous avez la chance d'en rencontrer.

- LA PEUR -

Voilà ce qui régit votre monde. Celui que je vais connaître sous peu. Je vous en ai donné un exemple avec le vase de Soissons. Je rigole !

Le passage quand maman ne savait pas comment annoncer à Gus, la bêtise des jumeaux. Vous vous en souvenez ? ... On réfléchit, on s'invente des scénarios pour rendre la réalité plus douce que la situation elle-même. Pourquoi ?! On s'insuffle des énergies négatives alors qu'il serait si simple de dire les choses telles qu'elles se sont passées, avec bienveillance et amour. Ne dit-on pas une faute avouée est à moitié pardonnée ?! ... Puis il y a également les peurs collectives qui font en général du mal à votre société. Comme je vous le disais, il y a peu. Dans quatre ans, aura lieu une vaste récolte spontanée de nature à la fois sociale, politique et culturelle, dirigée contre le patriarcat.

Dans cette collective, chacun revendiquait non pas ses droits, mais son droit. Une vaste couverture de haine alimentée par chacun sans savoir une seconde que tout aurait pu se passer dans le calme et l'harmonie. La peur du lendemain ... Des centaines de blessés graves pour savoir de quoi son assiette sera composée. De bœuf de Kobe ou d'un simple quignon de pain ? La comparaison est extrême, j'en conviens. Mais n'est-ce pas une absurdité de taper, voir tuer *(au moins sept morts durant ces événements)* une personne parce que nous ne sommes pas d'accord sur tel ou tel sujet avec lui ? ...

Une cohésion malsaine pour savoir qui a raison ou qui a commencer. Quand je pense que maman gronde les jumeaux quand ils font tomber leur biberon. Un simple mégot peut bien anéantir une forêt après tout. Des énergies négatives viennent alors s'insinuer dans chacune de mes cellules, et cela, inconsciemment, là, garder en mémoire. Pour cela, l'invisible m'insufflera ce que vous appelez l'empathie. Un bien précieux qui me sera d'une très grande aide devant la réalité de la vie. Moi, Gabin, qui ne suis pas encore dans votre monde. La matrice comme on la nomme si bien ... Cette réalité souvent citée comme injustice. Comment embellir ce monde alors que nous-même ayons des blessures de mémoire comme le dit si bien Natacha Calestrémé ? *(Voir remerciements p.181).*

Ce mental qui refuse d'accepter votre moi intérieur en vous martelant que tout va bien ! Cette empathie, qui me caractérise, me force inconsciemment à ouvrir mon cœur et mon ego, celui de me protéger, me refermer. EXODARAP* Non ?!! L'inverse de PARADOXE*. Oui, je sais ! ... Mes Anges ont de l'humour avec un grand A.

— Une grande et importante étape que beaucoup d'humains n'atteindront pas durant leur vie terrestre. Vaincre cette peur, ouvrir enfin son cœur.

— Pourquoi tu me dis ça pépé Fernand ?!

— Excuse-moi mon p'tit Gabin, je pensais à l'arrivant.

— Ce jeune garçon de dix-huit ans qui est mort dans cet accident de voiture le jour de son anniversaire ?!

— Oui, fil de fer. C'est de lui qu'il s'agit.

— Mais tu m'as dit que sa maman avait créé une fondation et beaucoup de bien !!

— C'est de ses peurs que tu pensais à l'instant Gabin.

L'invisible est surprenant !! Moi, un fœtus bientôt à terme !! Avec pépé, notre télépathie est bien là, bien qu'elle s'amenuise ...

— Alors quoi pépé Fernand ?!

(Nous sommes toujours sur notre banc de pêche).

— Seb (Sébastien), avait son libre-arbitre mon petit. Avant ce moment fatal, son cœur lui disait de rester auprès de sa mère malade, mais son ego, son mental comme vous dites, lui a dit d'aller s'amuser et de fêter cela avec ses amis au bal.

Je regarde l'étang en face de nous devenir soudainement vaporeux et d'une couleur violette teintée de bleu azur.

— Et sa maman ?

Pépé Fernand me regarde intensément et me dit :

—   Toutes les mamans du monde ne veulent que le bien pour leurs progénitures, fil de fer.

Son consentement, venant du cœur, aura fait arrêter dans votre monde celui de son enfant. Qui a tort au final ? ... Seul l'invisible sait.

- JOUR "J" MOINS 13 -

Après les violents orages de juin 1964, les fortes chaleurs sont au rendez-vous pour ma naissance ! Ne vous emballez pas. Faites comme ma maman, respirez !

Pensez maintenant à votre propre naissance et dans quelle condition. Peut-être l'un de vos proches vous l'aura conté, mais vous ?! ...

Vous voyez !! Aucun souvenir, vous dis-je !! Moi si !!! "J" moins 13 mes amis !! Maman ruisselle et les jumeaux semblent excités à l'idée de mon arrivée.

—   Ça suffit les enfants !! Pas le premier jour du mois s'il vous plaît !

L'arme fatale de maman Léontine était une simple phrase :

—   Sinon le marchand de glaces ne passera pas !!

Radical à souhait. D'ailleurs en ce jour, le premier juillet, la loi N°64-643 relative à la vaccination antipoliomyélitique est devenue obligatoire. Les jumeaux se sont enfin calmés. Nous pouvons respirer. Enfin ... Pour maman. Moi, je suis toujours enveloppé dans ce liquide protecteur. Sans le vouloir, j'appuie sur sa vessie et cela lui donne souvent l'envie de faire pipi.

— Tu m'écoutes fiston ?

— Oui pépé Fernand ! Même que son âme à Seb ne veut plus se réincarner dans ce monde-là :

Il m'ébouriffie mes cheveux blonds.

— C'est bien, fil de fer ! Tu suis !

Je suis. Un bien grand mot à vrai dire quand je serais dans votre monde. Ici, j'ai la connaissance absolue. Comme ce qu'il adviendra à Gus quand maman nous aura quitté … Mais passons à autre chose, vous voulez bien ?! Une chose merveilleuse pour tous ceux qui m'attendent à la sortie ! Ma venue ! Comme si j'étais le messie. Gardons les pieds sur terre. Les miens flottent encore dans l'invisible et tremblent à l'idée de me brûler à ma première cuillerée de bouillie. Quand saura-t-il alors quand je serais en soin intensif des grands brûlés à Fort-de-France ? Je le sais, mais heureusement que l'invisible nous efface tout, même l'heure de notre propre mort. Pour l'instant, l'idée d'un berceau moelleux à souhait teinté de bleu, me tente de plus en plus !! Surtout quand celui-ci a été fabriqué par les mains de Gus lui-même !

J'aurais aimé qu'il me le fasse en forme de felouque*. J'ai même les plans dans ma tête les amis ! Ah ! L'invisible et son immense savoir ! …

Felouque : petit bateau Égyptien à grande voile triangulaire.

Finis les spéculations à propos de mon anatomie.

—   Gabin ! Comme l'acteur !

La référence cinématographique de tante Andréas. Une vieille fille et voisine de notre petite famille. Une ancienne sabotière dans une usine d'Estaires dans le Nord. Mes deux frangins l'adorent ! Surtout à Pâques pour aller à la chasse aux œufs, aux chocolats !

—   Pour peu qu'il a les yeux bleus !

Andréas s'assoit sur sa chaise, les deux mains toujours jointent comme si son vœu allait être exhaussé !

—   Du café ?!

—   Je veux bien, Léontine. Merci.

Finalement, je les aurais verts. Des yeux de milliardaire, me disait cette vieille dame. Ah ! Si l'invisible écoute mes prières !!! Amen.

Plus tôt dans la matinée, le Docteur Poulet est passé voir maman. Tout va bien. Je ne gigote pas trop. Les contractions sont encore assez espacées. Comme le dit si bien le corps médical, je réagis de façon constante à l'appel de mon prénom et certains mots dans des situations familières, comme le mot "lait" qui m'émoustille à chaque fois !

Bientôt, ce sera le mot "non", que j'apprendrais quand je ne dois pas faire quelque chose. Pas vraiment folichon ce monde quand on y pense. Est-ce pour cela que l'on nous aime si fort quand nous arrivons ?! Comme pour nous protéger de menaces qui n'existent pas et qui n'ont pas pris place ? Est-ce un crime de manger ses premiers petits pots avec ses petites menottes toutes boudinées ?

—   Oh ! Mais quel petit diablotin !

Suivi souvent d'un sourire niais. Aller faire ça dans un restaurant bondé et de surcroît avec votre boss lors d'un repas d'affaires. Essayez ... Surtout les bolos ! ... Vous verrez. Encore la peur qui nous régit. Nous laissons très souvent mourir notre enfant intérieur au détriment de dogmes qui régissent votre société. *(Toujours pas parmi vous !)*.

- MOINS DIX JOURS -

Le dix juillet. Je suis heureux de ne pas habiter la Capitale. C'est aujourd'hui la réorganisation de la région parisienne. Bon courage ! Et ici, ce n'est pas encore ce que vous appelez les Hauts-de-France. Votre monde va vite. Trop vite même, au détriment de vos rapports avec vos semblables. Dans la matrice, le cœur peine à faire sa place. Vous en avez pour votre fratrie, vos amis *(quand ils ne sèment pas la zizanie ...)*.

Certains se ruent dans les agences de voyage ou de location quand arrive le moment des vacances. Avoir la paix et profiter des beaux paysages que Dame Nature nous offre. Cependant, vous ne remarquez même plus le chêne, pourtant centenaire qui trône au fond de votre jardin. La petite voyette* a d'ailleurs dû connaître jadis des calèches passant sous cet impressionnant chêne qui devait être bien frêle autrefois.

Heureusement qu'à mon époque, le téléphone portable n'existe pas !! Dans six ans, je sais que maman va m'acheter des billes toutes neuves et un jeu d'osselets ! *(Une fureur en 1964)*. Un bonheur si simple finalement ...

Voyette: *petite allée champêtre peu utilisée par les riverains.*

La grande Jacqueline est passée prendre des nouvelles de maman. Elle regrette de ne plus aller flâner dans les rues du Vieux Lille. Andréas notre voisine, que Gus appelle affectueusement tata Andréas, est finalement partie, car les jumeaux ont été mis au lit plus vite que prévu. Sûrement leur bêtise commune de tout à l'heure. On ne met pas de liquide vaisselle dans l'eau des plantes, avait grondé Gus sur Pascal et Alain. À quand ma première bêtise d'ailleurs … À cette idée, je trésaille.

Maman a de nouveau envie d'uriner. Pardon maman, je t'aime, tu sais. Elle fera partie des soixante-dix pour cent de femmes qui accouchent la nuit. Je vais naître à minuit cinquante cinq exactement. C'est pépé Fernand qui me l'a dit. Une fois dans l'invisible, lors d'une visite de grand-père, il m'a expliqué que nos ancêtres *(certains sont venus me dire bonjour d'ailleurs à la cabane de pépé Fernand. L'un d'eux avait vécu au temps du moyen-âge où il était tailleur de pierre)*, vivaient en groupe, mais ils avaient l'habitude de se dissiper la nuit. Il était donc plus sécuritaire pour la mère de donner naissance durant la nuit alors qu'elle était entourée de son clan.

J'ai d'ailleurs eu l'image très nette devant mes yeux d'hommes et de femmes des cavernes réunis autour d'un feu, alimenté nuit et jour me regardant comme si je venais d'une autre planète !

—   Tu es une entité pour eux mon p'tit chéri.

Me lance pépé Fernand avant que tout ne s'estompe brutalement. Je n'ai pas besoin de le questionner. Je sais que dans l'invisible, nous pouvons voir le passé comme le futur. Comment serais-je pour mon sac de billes alors ? Sans compter mon jeu d'osselets ! Bref, ce n'est pas le plus surprenant en réalité. Le plus incroyable pour moi quand je suis dans l'invisible avec pépé Fernand, ce sont les voyages que nous réalisons ensemble, et sans avoir l'impression de bouger d'un iota !! On peut même y rencontrer des gens célèbres, vous savez ! Grand-père m'a raconté qu'il avait longuement discuté avec Victor Hugo et son roman "Les misérables" et comment lui était venue l'idée.

— Il est d'une grande compassion avec ces contemporains.

M'avait alors dit pépé Fernand. Ceci explique cela.

Quand je pense qu'il me faudra attendre presque six décennies pour connaître ce monde vibratoire. Ce monde de là-haut comme certains le nomme. Une spiritualité pure sans être influencé par je ne sais quelle religion, comme celle que mes parents m'ont incité à embrasser sans mon consentement finalement. Genre toi, tu seras baptisé à l'église et toi, tu auras un p'tit bout de "zizi" coupé ! Je ne vous parle même pas de ces jeunes filles africaines charcutées pour une croyance "à la con" ! Amen !

Je souris ou plutôt, je devrais dire, nous sourions de là-haut, avec toutes ces fausses croyances que les humains ont mis parfois des siècles à vénérer ! Les anges ont de l'humour mes amis ! Demander à cette célèbre médium dont je vous ai parlé, Patricia Darré. Une réalité qui n'est pas une fiction. Je puis vous l'assurer. D'ailleurs, de nombreux témoignages peuvent en attester. Je rebondis également sur le livre de Stéphane Allix *(mari de Natacha Calestrémé)* qui s'intitule "Le test". Une histoire d'objets cachés dans le cercueil de son papa à l'insu de toute sa famille. Bref, je ne voudrais pas ici spoiler Stéphane et sa fabuleuse histoire avec l'au-delà.

Mon corps change et j'ai peine à bouger maintenant. Les maux de dos de maman se sont accentués et le lit semble la meilleure des solutions quand elle n'a pas à gérer mes deux "monstres" de frères. Puis à mon époque, le congé parental pour les papas n'existe pas encore ...

J'ai bientôt tout en moi. Chaque cellule a sa place voyez-vous. Je ne serais pas l'un de ces nombreux nourrissons que la matière aura déformé ou amputé physiquement ou psychologiquement. Un poids de toute une vie et pour tout parent. Sans commentaire ...

Bientôt, je n'aurai plus accès à mon disque dur central. Mon moi supérieur ... Celui dont j'ai la possibilité de consulter librement dans l'invisible, et qui me procure cette connaissance infinie : L'âme. Le nom terrien souvent approprié par les religions : Son soi-divin. Celui que l'on retrouve fatalement une fois que vous avez terminé votre passage sur cette Terre *(que vous aviez choisi !)*. Enterrement et tout le toutim ! Et le moment des regrets est toujours au rendez-vous lors "des tablées" après la messe et la mise en bière.

— Il était gentil cet homme.

Ou bien encore :

— Je l'ai peu connu, mais on m'en a dit du bien.

Puis ne pas oublier les rebelles devant l'éternel.

— Il me devait encore 33.000 euros !!!

Curieux ce montant … Bref. L'invisible me quitte peu à peu, vous disais-je. Mon ego dort profondément. Pour lui, tout est OK puis l'invisible n'est qu'amour et bienveillance à son encontre.

Pour les "départs", comme je les appelle, l'heure est aux regrets pour certains, une libération pour les autres.

Arrive enfin les "arrivés" ou "arrivants" si vous préférez. Moi, en l'occurrence, Gabin. Ce nourrisson remplit d'amour et de bonté espérant retrouver l'amour absolu que j'ai côtoyé durant ma conception, ces neufs mois. N'ai-je pas en mémoire mes vies antérieures ? Elles se dissipent elles aussi, mais j'ai conservé un trait de caractère que j'ai gardé en moi et qui jalonnera ma vie pour le meilleur et le plus souvent pour le pire. Celui d'être empathe*. Bien des années plus tard, j'aurais souvent droit à cette phrase :

— Ta bonté te perdra mon gars !

Empathe : trait de personnalité caractérisé par la capacité de ressentir les émotions qui viennent à lui.

Quand je pense que j'ai dû attendre cinq décennies pour ouvrir les yeux. Mon cœur plus précisément. Savoir pardonner sans commune mesure. Une libération totale pour mon esprit encombré de casseroles inutiles, d'énergies négatives plus précisément.

Un terme que l'on désigne sous le nom de Spiritualité.

Mais revenons à maman qui commence à suinter !!!

- "J" moins 5 -

La grande Jacqueline est passée voir maman. Elle revient du marché, place des fusillés. Quand je serais en âge d'y aller, je demanderai à maman le pourquoi du choix de ce curieux nom : place des fusillés. Me tenant fermement par la main de peur que je me perde parmi les allées du marché, maman me répondra tout simplement et avec un langage qu'un enfant de six ans peut comprendre :

— Pour des bêtises de grandes personnes mon chéri.

Je me souviens lui avoir répondu :

— C'était des méchants, dit ?! ...

En guise de réponse, ma mère me tendra un berlingot au lait sucré. Un régal pour le petit bonhomme que j'étais. Un sourire de sa part, comme pour me donner encore plus d'amour dans ce bas monde. Comme pour effacer les combats d'antan, ainsi que toutes ces guerres inutiles. Nous sommes en ce moment précis dans ce récit en 1970. Bien d'autres conflits arriveront encore, hélas, sans combat cette fois. L'or noir s'en chargera, elle-même avec toujours en toile de fond, la peur de manquer ... Chacun voulant sa part du gâteau. N'est-ce pas ce qui se passe actuellement *(en 2023)* avec cette inflation galopante ?!

Mais revenons à ma sortie. Celle qui s'effectuera comme prévu par l'invisible dans cinq petits jours maintenant.

Maman crie plus que de raison sur mes frères jumeaux. Sa voix résonne parfois dans mes oreilles, parfaitement dessinées et asymétriques. Vous connaissez Narcisse ? ... !

Je souris, mais ce n'est pas le cas de maman. Malgré ses douleurs dorsales, elle se met droite sur le divan. Gus lui glisse un coussin derrière sa nuque. Moment touchant, bien que rare de la part de mon géniteur.

— Au fait Jacqueline, as-tu trouvé le savon noir que je t'avais demandé ?

Gus s'éclipse en compagnie des jumeaux. Je sais que Pascal a un copain imaginaire, mais il n'aime pas trop Alain, qui lui fait souvent des remontrances. Tous les deux le voient, comme vous pouvez voir votre partenaire ou un quelconque voisin. Je l'ai moi-même rencontré une fois dans l'invisible. Il dit s'appeler Anselme et être un ancien galibot de la mine de Courrières près de Lens.

— Oui, Léontine ! Et j'ai eu une sacrée chance figure toi ! J'ai eu un petit prix pour le deuxième pot ! N'est-ce pas merveilleux ?!

Certes oui, madame la grande Jacqueline *(je n'ai jamais su son nom de famille)*, mais là, je discute avec

Anselme et cela perturbe ma communication quand maman te répond ! Et aller hop !! ...

— Tu l'as dit Jacqueline ! Une bonne affaire que tu as faite là !

Et voilà ! Qu'est-ce que j'disais !!

Anselme m'a raconté sa fin tragique lors de cette fameuse explosion due au grisou. Se retrouvant de facto dans l'invisible avec ses proches défunts qui l'attendaient pour l'accueillir et le rassurer. Il n'avait que quatorze ans lorsque cela lui est arrivé.

Bien des années plus tard, je trouverai sur les étagères de ma médiathèque un roman qui relate ce terrible événement. Un livre au titre évocateur pour les mineurs de la région : "Les roses noires" de A. B. Daniel. Un chiffre effrayant reste en mémoire : 1099. Le nombre de personnes ayant rejoint au même moment l'invisible !!!

Dans la matière, des pleurs et de l'injustice. Un roman poignant que je vous invite à découvrir si cela n'est pas déjà fait.

Toujours avec maman, me faisant écho avec sa discussion endiablée sur les dernières tendances vestimentaires avec la grande Jacqueline, je découvre qu'Anselme est venu ... Comment vous dire ... Errer ou hanter, comme vous voulez, l'endroit où nous vivons, car c'est ici Avenue Bernadette à La Madeleine que sa maman est née avant de rencontrer son mineur de père vivant à Courrières. Il m'apprend également qu'il est né en 1892 à

Lens. Une famille comme tant d'autres à cette époque. La filature du côté maternel et de la mine côté paternel.

—   Je vais te laisser te reposer, Léontine.

Un deuxième coussin lui est tendu par l'un de mes petits frères ayant faussé la vigilance de Gus.

—   Merci mon chéri, tu es un ange.

Pascal sourit bêtement en s'éclipsant à la vue du paternel.

—   Revient ici tout d'suite ! Laisse les grands tranquilles !

Combien de fois ai-je pu entendre cette phrase ! Pas vous ?! ...

—   J'allais justement partir, Gustave.

Enfin tranquille à défaut d'être seul. Puis comment le pourrais-je ?! ... Plus que quelques jours mes amis !!

Pour le Docteur Poulet, tout est normal. Voilà maman rassurée. Gus par la même occasion. Il travaille beaucoup à la menuiserie où il est contremaître. Un grand atelier en plein centre de Lille, non loin de la rue du Sec-Arembault, plus connu maintenant sous le nom de rue piétonne. À deux pas de la Grand-Place, là où maman descend le plus régulièrement avec sa meilleure et seule amie ... C'est d'ailleurs sur ces mêmes pavés que je décrocherais mon premier boulot à l'âge de fraîchement dix-huit ans.

Quand j'y pense ... Une fois dans l'invisible, et en compagnie de pépé Fernand, j'ai vu la rencontre de ma maman et de mon futur papa se refléter dans les profondeurs de l'étang situé devant nous ! Moment magique où nous étions assis, tous les deux sagement, sur le petit banc de bois fait de deux troncs de hêtres coupés. L'eau se dissipe en vapeur multicolore pour nous dévoiler le film de cet instant magique, entre deux êtres qui s'aiment profondément. Une saynète non bouffonne remplit de tendresse et de gestes tendres.

Une silhouette se dessine de dos. Celle de ma mère et de sa longue chevelure noir de jais, posant sa bicyclette sur la devanture d'une boulangerie. Un petit mot tendre précieusement plié dans la poche de son léger tricot rose, une jupe noire fendue. Pas très pratique, me dis-je à cet instant. Pépé Fernand est toujours à mes côtés et sourit bêtement devant cette scène surréaliste surgi du passé.

Non loin, un beau jeune homme tout de bleu vêtu *(avec le gros crayon de bois rouge dans la poche !)* vacant sous un porche à son travail. Une porte à remplacer en l'occurrence. La vapeur aux mille couleurs venant du fond de l'étang se met alors à danser.

C'est alors que nos yeux se posent sur la caisse à outils de ce bel inconnu. Le jeune homme, Gustave, y découvre en rangeant sa varlope* et son manteau, un petit

---

Varlope : est un rabot qui possède une semelle allongée. Elle est utilisée par le charpentier, le menuisier et l'ébéniste pour dégauchir le bois.

mot doux glissé là entre deux poignets de clous.

Maman vient ici de lancer son premier rencard ! J'hallucine ! Pépé rigole en voyant cela. Puis tout s'estompe comme par magie. Pépé Fernand rajoute :

— Ce jour-là, ta maman s'est faite sérieusement réprimandée, tu sais, fil de fer !!

— Pourquoi pépé ?!

— Et bien, non seulement elle avait complètement oublié le pain, mais surtout son vélo !!!

Cet événement me sera confirmé bien des années plus tard par mes parents. Des souvenirs qui pour l'instant m'échappent peu à peu dans le ventre de maman. Aurais-je moi aussi un ami imaginaire ?!

Finalement non, je croyais pourtant. Pas d'Anselme, ni Nounours de "bonne nuit les petits" que je regarderai d'ici quelque temps. Des séries télévisées loin des violences actuelles, je puis vous l'assurer. "L'île aux enfants" pour n'en citer qu'une. Casimir et son cousin Hippolyte. Ne parlons pas du "manège enchanté" et de la vache Marguerite s'il vous plaît, Pollux risque de se fâcher.

Thil 2023

Encore une journée de passer comme vous dites ! Ma hâte n'est pas vive sur le fait que je vais bientôt vous rejoindre. À quoi bon ?! ... Laisser mon ego grandir ?! Il le sera fatalement. Je pourrais tout aussi bien l'appeler "mon angle mort".

Il nous évite bien des problèmes, enfin, on le pense, bien qu'il nous aide précieusement sur notre chemin de vie. Le problème, c'est que nous l'écoutons presque H24. Une constante pesante.

L'un des déclencheurs et que nous avons tous en nous, c'est la peur. L'inconnu et/ou l'ignorance viennent s'y greffer insidieusement.

L'autre fois, Gus a dit à maman que la maison mitoyenne à la nôtre n'était toujours pas occupée. Elle est pourtant spacieuse avec un grand parc arboré. Pourquoi je vous parle de ça ?! Tout simplement par ce qu'une rumeur s'est répandue comme quoi cette demeure serait hantée. Est-ce Anselme qui fait des siennes ou tout bonnement une peur complètement irrationnelle ? Ce que l'on ne connaît pas fait souvent peur. N'est-ce pas ?! ... Allô ?! ... Infondée pour des personnes ne croyant pas à l'invisible, mais ne se portant pas acquéreur pour autant ...

Je sais que dimanche, la grande Jacqueline ira brûler un cierge pour la vieille dame retrouvée morte, seule dans son rocking-chair au beau milieu du grand salon. Sa boîte aux lettres, pleine à craquer, a fini par faire déplacer les pompiers. Paix à son âme.

Souvent, quand les gens sont confrontés à la mort, les réactions sont diverses et propres à leur ressenti. Aucune énergie négative n'émane de cette grande et jolie maison. Pourquoi cette attitude complètement loufoque sous prétexte que cette vieille dame n'avait que des chats noirs pour seule compagnie ?

Le fait que les pompiers l'ont découverte à moitié dévoré par ses jolis matous ?! ... La peur et votre ego qui vous crient :

—   Fait plutôt construire sur le champ que tu as vu au sortir du bourg ! Tu seras à deux pas de Lille. Plus pratique pour le travail.

Finalement, c'est un couple ayant écouté leur cœur qui en a fait l'acquisition. Une fois, pépé Fernand m'a présenté cette vieille dame. Son châle était maculé de poils de chat et se portait comme un charme. Une crise cardiaque après une grosse journée de jardinage aura eu raison de son dernier souffle. Elle tenait beaucoup à ses rosiers et son petit potager. Curieusement, et sans le savoir, le mari de ce couple était jardinier à la commune voisine.

Certains n'y verront qu'une pure coïncidence, mais sachez que l'invisible sait ce qu'il fait. Est-ce un hasard ? À voir la vieille dame sourire à mes côtés, je ne pense pas non.

Je n'ai aucune peur, car je ne l'ai pas encore créée en moi. Mon premier cri sera sûrement libérateur.

—   C'est normal madame.

La réponse du corps médical. Pour moi, un dernier au revoir à l'invisible avant le grand saut dans la matière ... Votre monde ... Les dogmes du matérialisme scientifique, du néant à tout. Ce que je vous dis actuellement est issu de ma conscience pure. Ce n'est pas le fruit de mon petit cerveau à peine construit.

Ma famille et mes premiers cours à la maternelle m'apprendront les bases. La vie fera le reste en ce qui me concerne. Comment connaître la physique quantique et tout ce qui concerne l'Univers alors qu'à ma propre naissance, toute proche, on vous apprend ce fameux AREUH ! AREUH !!! Rose se teintant de rouge et criant comme si, il s'agissait de ma première colère ! Le pire dans tout cela, c'est qu'autour de vous, tout le monde sourit de béatitude en vous regardant.

De l'égyptien ou de l'ancien grec ?! ... Fatalement, je n'en aurais plus aucun souvenir et c'est bien mieux comme cela finalement. Qui aimerait connaître l'heure de sa propre mort également ? À ma naissance et tout au long de ma vie, je n'en connaîtrais jamais.

- 13 JUILLET 1964 -

Je ne suis pas celui que je vois dans le miroir.

—   Poussez Madame ! Poussez !

Dans quelques heures, mes poumons vont se contracter pour la première fois. Le corps médical vous explique cette entrée d'air qui vous ouvre subitement les bronches. C'est fort possible dans la matière. Mon point de vue ? Moi qui ne vais pas tarder à vous rejoindre !! ...

C'est avant tout de quitter ce nid douillet, mais surtout pépé Fernand et tout ceux qui j'ai pu côtoyer dans l'invisible ! Imaginez un peu mes amis ! Dans ce monde, à très hautes vibrations, il me suffit de penser à un endroit précis pour que dans l'instant même, je sois projeté, par exemple, dans les dédales de couloirs d'une grande pyramide! De connaître la structure même d'un simple pissenlit en voyant au travers de sa tige principale et ressortir par sa fleur jaune vif en une nuée de vapeur !!!

Dans ce monde qu'est l'invisible, tout y est surprenant mais souvent ineffable ... Ce que je trouve dommage finalement, c'est qu'au seuil de notre mort, nous ne puissions le conter à nos proches restés dans la matière.

Il est à peine 9h00, en ce jour mémorable et maman à plus que chaud avec cet été accablant. Gus, lui est sur un chantier dans la proche banlieue, au Plouy, plus exactement. Il ne sera hélas pas là pour ma venue, je dois dire tardive.

Avant de partir à son travail, il dira à Léontine se massant inconsciemment le ventre :

— Je ne sais pas si les jumeaux sentent la venue de Gabin, mais ils sont infernaux tous les deux !! Tata Jacqueline va avoir du boulot avec eux deux !

Mes petits genoux ondulent sous les caresses de maman bien que mon habitat, ma capsule comme j'aime à dire, semble sur le point d'imploser !

J'aperçois la sortie ; bientôt les prostaglandines* vont jouer leurs œuvres. Déclencher les contractions. Malgré cela, maman sourit en soufflant. Je dirais plutôt en haletant comme Moustique, notre chien, en ce jour d'été ensoleillé. Elle dit alors à Gus :

— Ne t'inquiète pas *(toujours pas de mon chéri)*. La grande sait gérer avec son fils Louis. Puis Pascal et Alain ont quasiment son âge.

Mon géniteur regarde une dernière fois maman en prenant au passage sa "gamelle" sur la table de cuisine pour son repas du midi et lui dit en souriant :

***Prostaglandine** : Hormone présente dans la plupart des tissus organiques stimulant la contraction des muscles lisses au niveau de l'utérus.*

— Ça va aller, Léontine. Je passerais à la maternité en quittant mon travail. Ma 403 Break a été révisé au garage, je n'aurais pas de retard normalement.

Fin de l'histoire. Même pas un bisou ! Me dis-je intérieurement en donnant au passage un bon coup de pied à maman sans vraiment le vouloir. Est-ce cela l'ego ?! ... Moi qui rage déjà par ce manque de tendresse ou celui de Gus qui lui souffle qu'il faut aller travailler pour pouvoir nourrir sa fratrie ?! ...

— Oh !! Là, il a bien bougé Jacqueline !!

— Ta valise est prête ?!

— À l'étage près du séchoir, d'ailleurs, il faut que je plie leurs slips et maillots de corps.

La grande Jacqueline venant d'arriver et ôtant sa Houpline (géante), lui dit en embrassant au passage mes diablotins de frangins :

— Dans ton état ?! Tu n'y penses pas ! Je vais m'en occuper Léontine, ne t'inquiète pas pour ça.

L'amitié. Un bien précieux qui me sera d'une grande aide dans mon futur ... Des gens bien qui viennent jalonner votre vie selon les aléas. Je vous le répète. Le hasard n'existe pas. Quoi de plus merveilleux qu'une main qui se tend à vous lorsque vous perdez pied ? Un réconfort, un câlin, comme maman qui en dépit de sa souffrance corporelle du moment va bientôt pourvoir m'enlacer dans ses bras, les yeux rougis de larmes d'amour. Un suprême bonheur éphémère malgré tout. Le poids des secondes puis des années ont raison de notre passage sur cette Terre.

Alors pourquoi ne pas en profiter pleinement ? Comme "chez les fous" ?! ... À Saint-Venant ?! ... Une petite bourgade du Pas-de-Calais. Un établissement psychiatrique y est d'ailleurs implanté. Dans l'invisible, pépé Fernand m'a dit que maman y séjournera quelques années plus tard après ma naissance. Besoin de repos selon le corps médical. En réalité, des grandes et douloureuses blessures intérieures qu'elle n'arrivera jamais à guérir finalement.

Si seulement maman avait connu ces personnages publics et extraordinaires dont je parle dans ce roman qui lui est dédié. D'Eben Alexander, ce neurochirurgien ayant vécu une E.M.I., de Natacha Calestrémé et de son mari Stéphane Allix pour ne citer qu'eux. Cette vie, si précieuse que beaucoup pensent perdre une fois leur dernier souffle, en ne s'imaginant même pas une seconde ce qui les attend dans l'invisible ... L'ineffable, comme je prête à dire souvent.

Pascal et Alain semblent s'être calmés pour le plus grand bonheur de maman. À l'étage, la grande Jacqueline s'affaire à la montagne de linge finalement. Bref, revenons à certains qui vivent pleinement leur vie sans se soucier du quand dira-t-on. Ceux que l'on nomme plus communément les fous, les dérangés du bocal. Un sujet peu relaté dans les repas de famille et pourtant ...

D'ici quelques mois, je ferais la connaissance d'un oncle et d'une tante aux capacités intellectuelles réduites. Pour moi, un homme et une femme me comprenant et souvent d'accord avec mes délires d'enfant ! Quoi de plus merveilleux pour un enfant à peine âgé de 10 ans ! Dans leurs têtes, ils ont le même âge que moi !

Dans la réalité, un quotidien souvent dur à gérer pour les parents faisant office de tuteur plus que légal. Ont-ils un pied dans l'invisible et l'autre dans la matrice ? Pourquoi tout ce fouillis dans leur tête ? Seraient-ils des médiums autistes surpuissants ?! Je ne vous parle pas ici de mon oncle ou de ma tante, mais les vrais "fous" que l'on appelle les schizophrènes. Cherche-t-on vraiment à les comprendre ou à les endormir à coup de traitement peu enclin à une guérison finale ? Leur monde où la peur et les automutilations sont leur quotidien.

—   On les attache pour leur propre sécurité.

Une phrase que l'on a maintes fois entendue n'est-ce pas ?!! ... Allô ?! ... Pépé Fernand m'a extirpé de cet endroit dans l'invisible. Là où les vibrations d'amour sont les plus basses. J'entends encore ces gémissements et ces plaintes lancinantes et lugubres à souhait. Sont-ils des méchants fuyant les médiums renommés ou pas, pour aller hanter quelques braves gens qui peuvent les voir et les entendre ?! Lors d'un documentaire médical, on ne peut plus sérieux, un médium spécialiste des maladies mentales a déclaré qu'il avait un patient qui l'interpellait à chaque retour de ses week-ends, en décrivant exactement ce que le praticien avait fait durant ses deux jours dominicaux. Incroyable non ?! Et pourtant, c'est la stricte vérité. De nombreux témoignages du même genre sont souvent relatés.

Comme les autistes d'ailleurs. Certains excellent dans des domaines pointus et particuliers. Renfermer sur eux-mêmes dans leur monde. L'invisible y prend une grande place au demeurant ...

Cette fois, c'est la grande Jacqueline qui se fait porte-voix :

— Si vous n'êtes pas sages, vous ne verrez pas votre petit frère Gabin quand maman va rentrer de la maternité ce soir.

Pourquoi encombrer les maternités après tout ?!

— On sera au dodo t'façon ! C'est "Noirou" qui nous l'a dit ! Na !

Curieuse, la meilleure amie de maman se retourne vers nous, vers elle.

— Dis-moi, Léontine, de quoi parlent-ils tous les deux ? Qui est ce "Noirou" ?! ...

Maman en sueur, secoue un coussin et le positionne derrière elle en lui disant :

— Oh, ne fais pas attention à leur fanfaronnade. Il paraîtrait que ce soit leur ami imaginaire. Il sait tout, il paraît !

Secouant un petit drap bleu *(on se demande pourquoi...)*, Jacqueline remue la tête :

—   Ah les gosses ! Quelle imagination j'vous jure ! Ils voulaient sûrement parler d'Anselme ce petit galibot perdu entre deux mondes.

—   Oui ! Tu l'as dit !

Si seulement ils savaient … Curieusement, à ma naissance physique, je n'aurais plus de contact avec lui, ni même avec un quelconque ami imaginaire d'ailleurs. Puis mes parents ne s'intéressent pas vraiment à la spiritualité. Bien que la messe soit assidûment programmée chaque fin de semaine, plus tard mes deux communions le confirmeront. AMEN.

Finalement, c'est le grand René *(oui, lui aussi !)*, un ami de Gus qui va nous emmener à Lille, Boulevard Vauban, mon lieu de naissance. Les couloirs ressemblent à une bouche de métro avec tous ces carreaux de faïence blancs. La chambre est sommaire *(nous sommes en 1964)* donnant sur un joli parc arboré. Les lieux sont calmes, bien qu'au loin nous parviennent, à maman et à moi, des cris de nourrissons passant dans les mains peu délicates pour les premiers soins.

—   Ce n'est pas du sucre madame. Allez-y franchement.

Facile à dire pour les jeunes mamans. En attendant, la grande Jacqueline s'est absentée pour assouvir son vice terrestre, une gitane maïs. Chacun ses défauts me direz-vous. Puis, je ne suis pas encore dans le jugement. Une chose terrible qui peut facilement devenir un fléau. L'ignorance et l'obscurantisme, comme j'aime à dire. Vous jugez aisément sans savoir, avouez-le.

Puis on dit souvent que la critique est facile. Allez aider comme le fait la meilleure amie de maman. Un peu de fumée n'engage que ses bronches après tout ? Alors pourquoi s'encombrer de pensées négatives à son encontre ?

— Pour une femme quand même ...

Ou encore :

— Pourtant enceinte, elle ne fumait plus !

... Voilà qui est responsable ...

Comme vous vous en doutez, cette fine membrane s'est rompue laissant alors échapper ce fameux liquide amniotique. Les heures me sont comptées. Mais dans le bon sens du terme rassurez-vous !! Je quitte l'invisible, ce n'est pas pour le retrouver de suite !! Non ?! ... Puis peu importe le temps que nous resterons dans la matière. Le nombre d'années, peu importe que nous soufflions notre 101e bougies, le plus important c'est ce que l'on vous demandera une fois revenu dans l'invisible, l'ineffable.

— Comment as-tu aimé ?

Bref, je reviendrai plus tard sur ce sujet. *(Le temps que les septiques se fassent à l'idée).* Pour l'instant, et curieusement, maman dort !! René passe le nez à la porte de la chambre.

— Ça empeste le tabac, Jacqueline !

Heureusement qu'il fait chaud et que la fenêtre est ouverte !

— Pour ta gouverne, je reviens du parc en bas.

Maman ouvre les yeux.

— Vous ne pouvez pas faire moins de bruit tous les deux ? Pour une fois que Gabin me laisse un peu de répit.

— Excuse nous, Léontine !

Lance René sur le point de s'en aller.

— À bientôt et je te souhaite bon courage pour l'accouchement !

L'unique pendule du couloir central affiche 15h00. La journée va être longue pour nous deux …

Pépé Fernand est venu me chercher pour une dernière et grande balade dans l'invisible. Cette fois pour nos retrouvailles, il a choisi une clairière où coule une rivière alimentée par une cascade aux eaux turquoise. Le lieu est magique !!

Au moment où j'allais lui parler de ce petit désagrément, le réveil de maman, pépé me dit :

— Tu commences déjà à juger le comportement des grandes personnes, fil de fer !!!

Je suis estomaqué ! Puis je réalise subitement où je suis. Assis là près de pépé Fernand dans les hautes herbes où virevoltent des centaines de papillons multicolores autour de nous. Après réflexions, c'est normal, me dis-je, qu'il connaisse le sujet de ma question à propos de la remontrance du grand René.

Pépé me sourit et m'ébouriffie mes cheveux blonds *(pour l'instant, je suis chauve comme un œuf !!!).*

— L'amour mon p'tit garçon. Voilà ce qui manque réellement à chacun de ceux qui sont sur Terre, dans votre vibration, si j'ose dire.

Je ne saurais vous dire combien de temps, nous avons passé ensemble puisque ici, dans l'invisible, le temps n'existe pas. Tout ce que je sais, c'est que mon tour est enfin arrivé !! Très tard dans la soirée (00h55).

— Poussez Madame !! Poussez !!

Vont-ils me mettre également une calotte blanche sur la tête ? Ils ont l'air ridicules !

— Poussez !

— Je ne fais que ça !!

Mon premier cri résonne dans les coursives de la maternité. H-5 secondes.

Bonjour tout le monde ! Bonjour amis lecteurs ! Quatre kilos trois d'Amour !

... De viande dans la matière. J'avoue le terme est un peu cru "e" mais n'est-ce pas la réalité ?!

Maman se repose enfin. De mon côté, je suis emmailloté comme un saucisson !! Je comprends mieux les pleurs de mes petits camarades tout à l'heure. La nuit est chaude et étouffante. Nous sortirons demain en fin d'après-midi, pour le plus grand bonheur de Gus. Mon papa ...

- BRUTALE TRANSITION -

Je quitte un monde merveilleux. Ce fil invisible qui me reliait à lui. Pépé Fernand et tous ces gens nageant dans le bonheur et l'amour pur. Ici, dans la matière, ce sera la sage-femme qui coupera le cordon. Mon premier cri dans ce nouveau monde. Non pas que mes petits poumons se déploient ou tout autre acte biologique, non, tout simplement l'amour total dont j'ai été enveloppé avant mon passage de l'invisible à la matrice qui me quitte.

Ineffable. Voilà qui est dit.

Ma frêle ossature, et cela, malgré mes quatre kilos passés de matière organique, j'ai de suite ressenti cette pression. Cette pesanteur qui caractérise si bien ce monde qui est le mien dorénavant. La lourdeur de la parole ne tardera pas à suivre selon toute vraisemblance.

J'ai vu tout cela dans l'invisible et quand j'emploie le mot "lourdeur", c'est qu'il y a bien plus puissant que la parole. D'ailleurs dans ce monde merveilleux où pépé Fernand vit désormais, nos communications étaient uniquement mentales.

La pensée peut être tout autant merveilleuse que destructrice pour celui qui l'a créé. L'amour ou la guerre. L'éternel débat ici-bas. Je m'entrave sans le vouloir dans un modèle semblant cohérent du monde, mais qui repose en réalité sur un fondement défini par l'homme. En gros, je viens à peine d'arriver que l'on m'ôte subitement mon libre-arbitre ! Ça, ça vaut bien un cri supplémentaire non ?!

— C'est un garçon madame ! Félicitations ! Et quelle voix !!

Oui, sans le vouloir vraiment, on me/nous conditionne. Pour les jumeaux, c'est souvent, fait pas si, fait pas ça. Pour Gus, mon papa, c'est la routine de son travail pour pouvoir élever convenablement sa petite famille. Mais le bonheur dans tout ça ?! ... Est-il interdit d'interdire ?

J'ai froid, on m'emmaillote. Ma vision n'a qu'un angle de trente degrés, mais mon toucher est plus développé. J'agrippe alors à pleine main le petit doigt de maman passant à ma portée. Je suis bien et tout le monde semble heureux de ma venue. Les bruits m'incommodent et maman perle de sueur. Finalement, vu l'heure de mon arrivée (00h55), Gus était aux premières loges. Fatigué de son travail, mais présent.

La première chose que je viens d'apprendre en arrivant parmi vous, c'est le sourire. C'est agréable quand il est pur. Je pourrais en faire tout un chapitre, mais cette première journée m'a déjà mise à rude épreuve. Voyant rentrer dans la chambre une ribambelle d'inconnus penchés sur mon drôle de lit à barreaux. Ont-ils peur que je me sauve?!! Ou tout simplement me protéger de tous ces faux sourires ? ...

Qui n'a jamais menti au sortir d'une maternité une fois sur le parking et la porte de la voiture fermée disant à son conjoint :

— Mais qu'est-ce qu'il est moche ce gosse !!

Et le mari qui renchérit en enclenchant la première !

— Et t'as vu sa tête ?! ...

Bref, ce fameux sourire qui nous va si bien quand on le désire ... Le forcer devant son patron, le narquois de la voisine en fermant sa fenêtre avec son éternel bonsoir. Aurais-je un de ces sourires ? Bien que l'invisible m'ait dévoilé ma vie *(celle que j'ai choisie !)*, dont je n'ai plus aucun souvenir, je sais que mon sourire servira mon ego. Mon "malingre" comme "j'aime" à le nommer. La réalité de la vie tout simplement.

— Bienvenue à toi mon petit Gabin !

Celui-là était sincère. Je parlais de la personne, pas de son sourire ...

— Allez, les jumeaux, laissons maman et votre petit frère se reposer. Vous dormirez chez tata Jacqueline ce soir.

Je trésaille. Je reconnais leurs voix et bien plus distinctement que dans le ventre de maman, il y a peu ! Leurs joies et exclamations sont toutes aussi vraies que leur sourire.

—   Chut !!!

Nous resterons quelques jours dans ce grand bâtiment de briques rouges dont les couloirs sont blancs à souhait. Bien plus tard, l'étal de mon boucher me rappellera cette faïence si particulière. Le parc est joliment arboré et c'est dans cette nuit chaude et humide que je me mets à rêver pour la première fois de ma première vie en tant que Gabin. Mes petits yeux à peine fermés, j'entends une voix familière qui me dit :

—   Alors fil de fer, ta première journée ?!

Thil 2023
/64.

- LA CONSCIENCE DIVINE

UN LIEN SI FRAGILE -

Je suis affublé d'un "babygro" pour ma première nuit. Cela me fait légèrement sourire vu mon poids. Quatre kilos trois tout d'même ! Le "babygro" est une invention américaine, qui est l'équivalent de notre gigoteuse. Un point positif qu'aura laissé cette foutue dernière Guerre Mondiale, il y a vingt ans de cela. Ce n'est pas si vieux que ça finalement. Je vous rappelle que nous sommes en été 1964.

Pour gigoter, je gigote !!! En fin de compte, ce petit vêtement porte bien son nom.

— Pépé Fernand !! Que je suis heureux de te retrouver !

— Moi aussi, fil de fer. Moi aussi.

Je vois d'ici les détracteurs qui vous diront que les premiers rêves d'un bébé se font en général entre neuf mois et un an. Ils vous diront également qu'il faut construire une pensée pour qu'il y ait rêve. Des scientifiques qui souvent oublient ou occultent cette fameuse conscience qui nous anime. Notre étincelle de vie qui nous relie tous à l'invisible. Cette fameuse âme que prêchent le plus souvent les curés de paroisses pour "les culs bénis" du dimanche. Puis ne nous mentons pas, le plus souvent, c'est pour se donner bonne "conscience" justement ! Leurs pensées doivent être souvent polluées, tout comme leurs sourires ...

Bref, revenons à mon rêve ... Le premier ... Qui se changera bien plus tard en un mot que je ne connais pas encore : le cauchemar. Celui-là même qui vous créait des pensées négatives suite à une journée ou un événement difficile. Pas simple de lutter contre son ego, même en dormant. N'est-ce pas justement un moment pour lâcher prise ?! Être au pieu pour être pieux ? Un jeu de mots qui n'est pas dénué de sens. Pieu serait la contraction de pièce de peau, désignant un lit au XVIIIe siècle. AMEN ...

— Alors ? ... Cette journée fiston ?!

Assis à ses côtés, près de cette longère en pierre, que j'affectionne tout particulièrement, j'observe une fois de plus des centaines de papillons multicolores virevoltants au-dessus d'un point d'eau. Je me sens moins léger cette fois, comme coller au fond de mon petit matelas. Pépé Fernand me rassure et me dit avec grande douceur :

— Cette fois-ci, c'est moi qui viens à toi mon bonhomme.

Je lui dis aussitôt :

— Mais nous sommes à ta cabane pépé ! Regarde là-bas ! Il y a ta canne à pêche !

— Ton cœur est encore pur Gabin et tu crées ta réalité avec l'amour que tu portes en toi. Tu viens de rentrer dans un monde ou tu peux toi-même créer ta réalité et ton propre bonheur également mon garçon, si tu le désires ...

— Mais comment pépé ?! ... Les gens ici n'ont pas le même sourire, ni la même pensée sur ce qu'est vraiment l'amour !

— Je sais mon bonhomme. J'étais moi-même ignorant de mon propre cœur et cela m'a valut bien de nombreux déboires ...

Je m'empresse de lui demander innocemment :

— Comme quand maman qui crie sur Alain et Pascal ?! Même si elle les aime plus que tout et moi ?

Pépé Fernand me regarde de ses yeux si bleus en souriant, riant presque, il me dit :

— Tu as tout dit, fil de fer ! Le tout et toi.

Je suis perdu. Que veut-il me dire par là ? Le tout et moi ou le tout est moi ? L'Univers, comme je l'appellerai bien plus tard à l'aube de ma sixième décennie, ou la Source. Ce ne seront pas mes futures années de messe qui m'épanouiront pleinement. Puis chacun a sa religion, n'est-ce pas ? ...

Au final, nous en revenons tous au même point : la Source. Le berceau de l'Humanité que les scientifiques tentent de comprendre à tout prix ; l'Univers.

Certains d'entre eux comme Philippe Guillemant, dont je vous parlais plus haut dans ce roman, font partie de ces gens qui admettent que la physique quantique a ses limites et que c'est l'amour qui régit tout. Vous pouvez prendre n'importe quelle situation fâcheuse sur cette Terre, elle ne sera révolue définitivement que par l'amour, à commencer par le sien, à s'aimer. Cela aurait évité bien des guerres et des conflits. Rappelez-vous. Même au sein de l'église, ils se battaient comme des chiffonniers (tueurs et inquisiteurs). Catholiques et protestants ... La belle affaire.

Pour l'instant, je reste sur ma faim et regarde pépé Fernand avec insistance. Il m'ébouriffie mes cheveux une nouvelle fois et me dit :

— Léontine, ma fille, aime tes petits frères tout comme toi, Gabin, mais elle porte en elle, et tous les êtres humains qui sont dans la matière, des blessures intérieures, des peurs que vous vous créez de toute pièce.

— Celles héritées de nos ancêtres comme toi pépé ?! C'est ce que tu m'avais dit quand j'étais encore dans le ventre de maman.

— Oui, fil de fer. Hélas au lieu de la rassurer quand elle avait peur, ou fait finalement une bêtise quelconque qui ne méritait pas mes colères souvent démesurées face à la situation.

— Elle se venge pépé ?

— Oh que non mon garçon ! Tout comme toi qui viens de naître, tes cellules ne sont que pures énergies et elles ont chacune leurs propres mémoires, tu sais !

Je m'empresse de dire en lui coupant presque la parole. Enfin télépathiquement parlant, j'entends :

— C'est pour ça que Pascal et Alain se disputent et que maman aussi ?!

Autant demander à un enfant de trois ans s'il sait pourquoi le ciel est bleu. Je vois d'ici encore ces mêmes détracteurs qui diront que les prodiges existent. Écoutez un peu le menuet KV.2,4 et 5 de Mozart et vous verrez que c'est un fait. À cela, je répondrais :

— Comme tous les médiums, Messieurs.

D'ailleurs, personne ne sait si ce petit prodige avait ce que l'on nomme l'inspiration céleste ! Une sorte de médiumnité intérieure où je ne sais quel ancêtre musicien l'aurait inspiré ! ... L'invisible est bien plus grand que vous ne l'imaginez. Au demeurant, de par son immensité, nous *(et oui, je suis parmi vous !)* appelons cela l'Univers. Un mot qui résonne comme restrictif dans la matière pourtant vivante, elle aussi. Une énergie non-organique dépourvue de conscience, mais non pas de mémoire !

L'invisible fait bien les choses, comme je dis souvent. Vous, vous appelez ça la nature. Est-ce différent à vos yeux ?! N'allez-vous pas outre cela vous "ressourcer" dans cette dite "nature" ? Les vacances sur une plage bondée par exemple ? La plupart des êtres humains déplacent ainsi leurs problèmes ou en s'en créant d'autres. À savoir si son emplacement de caravane ne sera pas pris au camping pour éviter ainsi une altercation musclée qui aura lieu fatalement avec le malchanceux vacancier qui sera sur sa place.

On croit rêver, n'est-ce pas ? Mais c'est la triste réalité malheureusement. Il suffit de voir la tête des gens aux heures de pointe d'un péage dans leur voiture. Soit ils râlent de la lenteur des choses *(ça n'ira pas plus vite)*, ou soit sur leur chérubin tout heureux de leurs vacances en criant, "c'est bientôt la mer papa ?". Ajoutant du stress à des journées destinées au calme et au bien-être. Il faut être fou non ?!

Petits, nous nous imprégnions des actes de nos parents. À plus forte raison, leurs pensées … Vous aussi, vous devez avoir des anecdotes purement personnelles en se disant :

— J'ai p't'être été trop loin sur ce coup-là …

Ou encore :

— Oh ! Il l'avait mérité !

Mériter quoi ?? Un reproche ? Une "baffe" parce que nous ne sommes pas au mieux de notre forme, qu'elle soit physique ou morale d'ailleurs. Pépé Fernand a raison, comme tous ses amis ayant rejoint la lumière comme on dit souvent. Raison que c'est avec le cœur qu'il faut mener sa vie, et éviter ainsi les nombreux déboires, voire désolations que vous subissez chaque jour de votre vie.

Pour moi, ce n'est que le premier jour et avec tout ça, je n'ai rien raconté à pépé Fernand sur ma première journée. Mon petit ventre m'appelle et tout s'estompe peu à peu autour de moi, voyant vaguement pépé Fernand accueillir une très vieille dame se nommant Agrippine. Une lumière vive m'aveugle un instant pour voir subitement une jeune et belle jeune femme ! Agrippine ?! ...

—   Je vais devoir te laisser mon p'tit Gabin.

Je me manifeste en pleurant dans ce grand lit à barreaux. C'est l'heure de la tétée comme on dit ! Oui, on exagère nous les bébés. Puis c'est un peu comme dans l'invisible, le temps pour nous n'existe pas vraiment. L'école y remédiera sans aucun doute. Apprendre. Voilà le maître-mot. Comme savoir que nos ancêtres étaient Gaulois ... Allez dire ça dans une classe de CP en Martinique. Aimé Césaire serait ravi de l'apprendre depuis l'invisible tient !

Moi pour l'instant, j'ai faim ... Maman se précipite à mon chevet ...

- PAPILLONS BLEUS -

— Encore une éphémère qui vient de partir à quatre-vingt-dix-huit ans !

S'écrie une énergie dans l'invisible. Personne ne "fée" attention. La matière ne connaît pas l'éternité m'avait dit pépé Fernand.

Le ventre repu, j'ai le sourire béat. Comme tous les bébés après le sein de maman, je suppose. En réalité, je souris devant ces milliers de papillons bleus, cette fois. Formant et pour mon plus grand plaisir, des têtes rigolotes !

— Regarde comment il dort bien, Léontine ! Il est tellement chou avec toutes ses taches de rousseur ! Trop craquant !

Cela fera une semaine que nous sommes rentrés de la maternité et mes jumeaux de frères semblent respecter mon royal sommeil.

— Va savoir de quoi il rêve à cet instant Jacqueline.

—   Oh ! Un "babar" et une tête de licorne !

... Si elles savaient ...

—   Je t'ai ramené des habits pour Gabin. Le mien est un peu grand maintenant.

Je souris de plus belle en voyant un arc-en-ciel que les papillons forment dans une douce chorégraphie.

—   Regarde Jacqueline ! Il sourit ! Apparemment, il aime bien ses nouveaux vêtements.

Subitement, je sens que maman est contrariée. Comme si j'étais encore en elle. La grande Jacqueline lui demande alors :

—   Ça va, Léontine ? Tu as l'air vraiment embarrassée de quelque chose ? Les vêtements sont trop grands peut-être ? ...

—   Oh non Jacqueline ! Rassure-toi de ce côté-là. Tout est super bien au contraire !

Posant sa tasse de café sur le guéridon du salon, la grande Jacqueline ose demander :

—   Le baby blues* peut-être ?!

—   Pas du tout, vois-tu ! C'est que ce matin avant de donner le sein à Gabin, Gustave m'a demandé d'aller nourrir les chats de cette vieille dame qui est malheureusement décédée jeudi.

Baby blues : reconnu en 1952.

Reprenant sa tasse de café encore chaud, Jacqueline lui demande :

— Je la connais ?

— Oui, c'est Madame Delmotte. Je ne me souviens plus de son prénom.

— La pauvre. Je l'ai déjà croisé chez le quincaillier. Elle achetait justement des gamelles pour ses chats. Je la connaissais à peine, puis elle était assez aigrie, il me semble.

Se levant pour vérifier si je suis toujours avec mes papillons bleus, maman demande à la grande Jacqueline :

— Ce n'était pas Apolline son prénom ?! …

— Un truc comme ça ou même consonance en tout cas. Bon, je vais devoir te laisser, Léontine. Tes jumeaux vont être contents d'aller à Bray-Dunes sous une tente.

— Oh ! Tu ne peux pas imaginer le poids énorme que tu m'enlèves pour une semaine, Jacqueline ! Merci encore ! Leurs valises sont dans l'entrée.

— Oui, je les ai vus en rentrant.

Suis-je déjà égoïste en pensant que maman aura plus de temps à me consacrer ? Ou bien aurais-je ce sentiment à leur retour bruyant ? Cette différence s'inscrira irrévocablement *(je le pensais)* dans mes gênes vierges de tout ! *(Ça, je le pensais aussi !)*. Ce ne sera que cinquante ans plus tard que l'on me fera remarquer que je suis un casanier. Et bim bébé !!

Tu sais ce qui t'attend ! Me dirait sûrement pépé Fernand. Depuis un petit moment, je n'arrive plus à me connecter à l'invisible, et encore moins d'y voir tous ces paysages magnifiques. Les rêves semblent bien fades dans la matrice. Inconsciemment, il y a plus urgent dans la matière. Mes petites cellules qui chaque jour grandissent et dans ma première année, je serais un peu plus long de vingt-cinq centimètres ! Pas mal non !! Je n'ai pas encore la notion de hauteur ou de longueur à mon âge, vous savez.

Imaginez que vous preniez vingt-cinq centimètres en seulement un an ?! Sur Terre, il n'y aurait que des basketteurs ! N'est-ce pas ?! ... Allô ?! ...

Il y a quand même quelque chose qui me chiffonne et à plus forte raison, maman. C'est que j'aurai perdu dix pour cent de mon poids de naissance ! Le Docteur Poulet a très vite rassuré maman à ce sujet.

—   D'ici dix à quatorze jours, son poids reviendra à la normale.

Moi, bien tranquille sur mon petit matelas, je suis on ne peut mieux. En plus, mon papa Gus m'a fabriqué un mobile en bois avec des chutes de son travail. Maman s'est amusée en les peignant en bleu, sa couleur préférée ...

Plus tard, papa lui rappellera le prénom de la dame aux chats. Agrippine, lui avait-il dit. Ce jour-là, paraît-il que je souriais béatement ... Sûrement celui où pépé Fernand m'avait présenté cette belle jeune femme. D'ailleurs, il y avait autour d'eux tout un cheptel de matous !! Sans jeu de mots, Agrippine était aux anges ...

Bientôt deux mois, et je commence à distinguer les couleurs. Elles sont un peu comme les feuilles qui commencent à tomber en ce jour de septembre, fade. Rien de comparable avec l'invisible ! Mais bon, on y est tous habitués n'est-ce pas ?! Puis demander aux "expérienceurs", les personnes dont j'ai parlé brièvement au début du roman. Ceux qui ont vécu une mort imminente après un accident ou une opération des plus complexes. Ils sont tous unanimes quand ils décrivent et le plus souvent avec bien du mal, tant que ces couleurs sont difficiles à dépeindre ... À évoquer. Moi, j'ai vaguement *(je vois encore flou)* vu la bataille de mes frangins. Plus tard, quand je serais en âge de parler, je les appellerai "les grumeaux". La première fois, l'hilarité fut générale dans la fratrie, mais vite réprimandée par maman. Moi, je dirais plutôt un nouvel ordre ... Une nouvelle blessure qui ne se voit pas, mais qui se ressent.

— Tu ne dois pas dire ça, Gabin. C'est vilain !

— Bouhou !!!

Vous avez l'image, n'est-ce pas ? Voilà où commence le conditionnement. Sournois, je l'avoue. L'école est bien plus efficace, mais souvent trompeuse. J'ai appris que le Mont Blanc avait une altitude de 4807 mètres. Quand est-il maintenant ?

M'aurait-on menti ? Rien n'est gravé dans le marbre, à part nos pierres tombales. L'invisible trouve ça "kitch" d'ailleurs. Voilà du bon engrais !!! Dirait pépé Fernand, s'il serait encore parmi nous. D'ailleurs, il y est assurément, mais dans une autre vibration, une énergie pure sans matière. Il y a aussi, comme j'ai dit brièvement plus haut, des personnes qui arrivent à capter ce genre de vibrations : les médiums.

Il y a quand même une chose que je trouve incroyable. Pourquoi les gens attendent-ils la mort d'un proche pour consulter ces gens qui, indéniablement ont un don pour communiquer avec nos défunts ?! *(Clin d'œil spécial à Monsieur Stéphane Allix avec son roman "Le test")*.

N'aurait-il pas été plus facile de parler véritablement avec son cœur avec les gens que l'on aime ou que l'on n'aime pas d'ailleurs ?? Être en paix. Ce mot revient souvent quand le dernier souffle de vie vous quitte.

Comment as-tu aimé, lui soufflerai sûrement l'invisible. Et cela, quelle que soit votre religion terrestre. La source est la même. Le mot lui-même l'atteste.

Le premier paradoxe que j'aurais en haut de mon tableau personnel, c'est de tout savoir et de ne rien savoir en même temps. Un sacré paradoxe, n'est-ce pas ?

Plus tard, et je pense que tout le monde y a songé également, c'est de se dire qu'à deux mois, *mon âge rappelez-vous* ! Nous étions heureux et dans l'insouciance la plus totale. C'est pas faux.

À l'aube de mes soixante printemps, j'aurais aimé avoir une toute petite partie de ma connaissance céleste. Pardon … Connotation religieuse. Je dirais plutôt, une partie de l'énergie pure de ma conscience. Non celle de mon cerveau qui ne me sert finalement que de transmetteur.

Mon corps n'est que le vecteur pour que je puisse aimer librement et avec amour. La paix tout simplement. Moi, quand des parents perdent subitement un enfant, il est souvent rassurant de voir que ces personnes ont des vibrations si particulières ...

Une fois, quand j'étais encore dans le ventre de maman, j'ai demandé à pépé Fernand s'il avait pleuré quand il a quitté notre monde. Et vous savez ce qu'il m'a répondu ?

—   J'ai pleuré sur mes nombreux regrets Gabin.

Le paradis est un mot bien restreint en comparaison à ce qu'est vraiment l'invisible.

- CROYANCES TERRESTRES -

Une pluie fine et chaude est venue s'installer en cette fin d'après-midi. L'hiver arrive à grands pas malgré tout. Nous sommes fin octobre, bientôt l'anniversaire de mon papa. Ma dernière pesée a rassuré maman. Six kilos cent !!

—   Et avec ça ma p'tite dame ?!

Je garderai ce genre d'humour tout au long de ma vie, au grand dam de mes enfants. Mea Culpa.

Je mesure également soixante centimètres. Un mini sumo en quelque sorte. Ce que j'apprécie de plus en plus, c'est que je maintiens dorénavant ma tête droite en me tenant aussi sur mes petits avant-bras.

—   Tu fais des pompes mon bébé ?!

—   Arrête Gus de le taquiner ainsi.

Je lui sors alors mon plus beau babillage.

—   Tu vois ! Tu l'as vexé le pauvre !

Je suis déjà conscient de ma capacité d'expression. Là, maintenant, je n'ai pas envie d'hurler, mais simplement de chuchoter.

— *"Je vous aime Maman et Papa".*

— Tu as vu Gus, on dirait qu'il veut nous dire quelque chose !!

Ma mère a un sourire éclatant en disant cela. J'ai vu dans l'invisible qu'il en sera tout autre d'ici quelques années ... C'est bien en fait de ne pas se souvenir non ?! Oublions-le, mais pas certains passages. Ça n'existe pas, comme savoir l'heure de votre trépas, souvenez-vous ...

Mais revenons à mes gargouillis. Dans très peu de temps, je vais prononcer mes premières voyelles ! Le A puis viendra le E pour changer de note *(question de vibration là aussi)*, de lettre plus précisément ici. Tout dépendra de mes humeurs.

Mais ne vous fiez pas à ma petite voix formulant tant bien que mal mes soit disant "areuh" quand j'ai le ventre plein ! Je sais maintenant m'affirmer. Soit quand j'ai peur ou soit quand j'ai faim. Je n'ai pas encore l'esprit sournois, mais au fil des mois, j'entendrais et verrais de mes yeux bleus *(pour l'instant !)*, les petits caprices des "grumeaux" fomentés en secret, mais toujours en duo.

D'ailleurs comment étaient-ils dans l'invisible avant de venir au creux du ventre de maman ?! Eux au moins, ça devait y aller les concertations intra utéro !

Mais revenons à mes humeurs présentes, si infimes soient-elles et surtout du haut de mes trois mois et demi seulement. Deux mots me viennent en mémoire. Celui que me souffle ma conscience pure en y voyant là un ego

116

naissant très souvent enclin à être régi par la peur. Ces deux mots sont FORMATAGE et CONDITIONNEMENT.

Je ne comprends pas encore ce qui en réalité s'insinue sournoisement dans ma vie. Je commence à discerner sans savoir pourquoi *(sauf ma conscience pure)*, les mimiques d'Alain quand il se fait réprimander, ou celles de Pascal quand maman lui tend un quignon de pain et de quoi faire travailler ses premières dents de lait. Elles sont différentes et je comprends très vite qu'il faut faire ça plutôt que ceci.

Le bien est toujours plaisant avec une sucrerie dans la bouche, n'est-ce pas ? Voyez comme ils sont heureux en entendant la musique du marchand de glaces ! Mais répétez vingt fois de ranger sa chambre, non ?! ... Un conditionnement semblant bien anodin qui commence le plus souvent à la maison, dans la fratrie. Plus tard, l'école s'en chargera comme je vous l'ai déjà dit sûrement ... Pour l'instant, mes capacités sont certes limitées question neuronale, mais même un bébé sait toujours quand le bain est trop chaud.

Les journées passent et pour les grumeaux, leurs perceptions sont bien différentes de la mienne croyez-moi ! Pascal et Alain savent très bien quand ils ont fait une bêtise, ou quand ils seront récompensés après avoir fait place nette dans leur chambre exiguë. Pas folle la guêpe !!

Puis dans huit ans, soit en 1972, il y aura cette célèbre chanson qui mettra tout le monde d'accord : "On ira tous au paradis", que l'on soit ceci ou que l'on soit cela ...

À cela, je vous répondrai oui. Même les "pires ordures" qu'a pu connaître le Terre. Quelles seront leurs réincarnations à ces gens-là ?!

Mendiants à Calcutta ? Aveugles et cul de jatte prêchant *(cette fois)* la bonne parole avec une main tendue pour un malheureux roupie ?! ... Ou encore un homme tronc où dès sa naissance, il est sourd et muet de surcroît ? Et "dialoguant" uniquement avec son iris droit ?! ... Ben s'il est borgne alors ?! ... L'invisible me fait souvent rire. Une arme précieuse contre la monotonie des hommes.

Tout cela pour vous dire qu'insidieusement, le mal s'insinue en moi. Croyez-vous que mes pleurs soient si innocents que ça, quand je perds subitement ma tétine ? ... Quand j'ai faim ? Tout comme le bébé singe, j'imite.

Durant ma gestation, mon cœur était *(autant utiliser l'imparfait)* tellement pur que je pouvais voyager à ma guise dans l'invisible, comme ma rencontre avec pépé Fernand que j'ai connu finalement très peu dans cette vie terrestre.

Cette vibration autre de celle d'où nous venons réellement. Celle qui vous fait dire qu'une table est une table. Énergies condensées si vous préférez ... À défaut, votre petit orteil vous le rappellera.

Une vibration qui résonne parfaitement avec le mot amour. Cette résonnance quittera peu à peu mon être. Tout comme Anselme, l'ami imaginaire des "grumeaux". Ce petit galibot errant depuis cette fameuse catastrophe minière de Courrières. Lui aussi se dissipe peu à peu à la vue de mes grands frères. Nos scientifiques médicaux *(il en faut !)*, parlent de l'âge de six ou sept ans. Est-ce là le moment où nous perdons notre vraie innocence ?! ...

Comme je vous disais plus haut, cela commence à la maison. Viendra bien assez tôt l'école maternelle qui en fait ne materne en rien ! Je puis vous l'assurer ! Enfin ... Pas encore, mais ça ne saurait tarder à voir les têtes d'Alain et Pascal en évoquant le mot école.

Certains sont littéralement arrachés aux jupes des mamans. Pour eux, c'est la fin du monde, pour d'autres *(comme moi plus tard)*, c'est de bon cœur et en courant sans même attendre le bisou maternel. Plus tard, on vous dira que c'est l'armée qui forge un homme. Faudrait savoir à la fin ?! ... J'ai l'image de tous ces crânes rosés au garde-à-vous attendant qu'on leur cri des ordres qu'ils exécutent sans rechigner. Il est où là le libre-arbitre ?! ...

Nous nous créons des peurs imaginaires alimentées par notre ego, notre mental. Posez-vous la question : est-ce que vos tracas vous font mourir en fin de journée, pour de vrai ... ? Demain est un autre jour, n'est-ce pas ?! Et remerciez chaque matin le fait d'être en vie. Chaque jour doit être le premier, c'est aussi simple à dire qu'à écrire, n'est-ce pas ? Je vous réponds oui alors.

Cet amour en nous que nous perdons au profit des tracas du quotidien alors que tout vient finalement de nous, notre soi intérieur. Ne dit-on pas les excuses sont faites pour s'en servir ?! ... Même la plus infime est déjà de trop dans notre cœur et pourtant nous "actons" nos erreurs ou prétextons qu'ils sont créés par les "autres".

Un terme si facile pour désigner ceux qui nous entourent ... Ceux avec qui nous n'avons pas d'affinités particulières. Même le voisin y passe ! ... N'est-ce pas ?! ... Quand on ne l'aime pas cela va sans rire non ?

Je m'endors profondément. Maman m'embrasse humidement sur le front. Je suis aux anges ... Surtout lorsque mes rêves m'invitent encore et quelques fois dans l'invisible. J'ai alors hâte de raconter à pépé Fernand les facéties de mes frangins, mais surtout le jour si spécial qui va se dérouler d'ici peu ! Le jour de mon baptême.

Gentiment et sans jugement de sa part, pépé Fernand me dira d'avoir la chance de ne pas être excisé ce fameux jour. No comment !

Par contre, il me parlera longuement des légendes et superstitions à propos du dit baptême. Je suis resté sans voix, un peu comme ces moments où je regarde maman, bien calé entre ses genoux, les mains agrippées à ses deux p'tits doigts en attendant mon fameux rho. Vous avez l'image ?

Ben pareil ... Pantois.

— 	Tu fais une de ces têtes, fil de fer !! ...

120

Je vous avoue qu'il a de quoi mes amis ! Je vais vous en écrire, ci-dessous, un petit florilège que vous apprécierez certainement sur ces fameuses superstitions.

-    Selon une croyance normande, faire le baptême d'un enfant sans parrain ni marraine apporterait la malédiction dans la famille.

-    Une superstition dit que le jour d'un baptême, il faut prendre toutes les précautions avant la cérémonie, car les sorciers sont à l'affût.

-    Le parrain doit toujours porter une chemise blanche.

-    Si un bébé pleure lors de sa cérémonie, il aura une longue vie.

-    La personne qui porte l'enfant le jour du baptême, ne devra jamais se retourner, répondre à un appel, prendre un raccourci, ni de couper à travers une place

Le sourire de pépé est éclatant comme tout ce qui nous entoure ici dans l'invisible, où devrais-je dire l'Univers entier. Agrippine se porte comme un charme, et tellement heureuse d'avoir retrouvé dans ce monde merveilleux ses chers chats disparus des décennies plus tôt ! Nous rigolons de plus belle tous les deux.

— Imagine fiston, un Hawaïen en chemise blanche, le jour du baptême de son filleul.

Assis cette fois sur le bord d'une cascade vertigineuse, devenant des flux lumineux s'éparpillent dans un gigantesque arc-en-ciel multicolore, je lui réponds du tac au tac :

— Puis en plus s'ils sont hindous !! T'imagine pépé !!?

Nous rigolons à nouveau en me disant :

— Et ce n'est pas tout, fil de fer !

Je reprends donc ma plume pour vous en énumérer d'autres, si vous le voulez bien. Une nuée de papillons bleus passent devant nous en souriant. Rien n'est impossible dans l'invisible ...

- Une superstition du Périgord dit que l'enfant sera doté d'une seconde vue s'il arrive dans l'église avant le prêtre, et verra des esprits si son parrain récite le credo à l'envers.　　　　■

- Une autre légende bretonne dit que l'enfant baptisé vivra peu de temps s'il ne pleure pas pendant la cérémonie du baptême.　　　　■

- Après la cérémonie, il ne faut pas sortir par la même porte et ne pas prendre le même chemin qu'à l'aller.

　　　　■

- En chemin, il ne faut laisser personne s'approcher de l'enfant pour l'admirer.

Nous avons discuté longuement. Puis ici, le temps n'existe pas. Mes réveils sont brutaux quand je quitte l'invisible et vois s'estomper le visage familier de pépé Fernand.

Voilà pourquoi nous, nourrissons, nous pleurons. Si c'est toutes les quatre heures, là, c'est l'appel du ventre bien rond. Ne pas confondre voyons ! Écoutez nos rires si craquants quand nous sommes en plénitude. Et voyez nos regards quand nos peurs nous envahissent … L'invisible reste implacable malgré tout. La grande Jacqueline a appris dernièrement à maman la mort du petit André, naît le même jour que moi à la maternité. Imaginez le désarroi de cette femme ayant perdu son petit trésor après neuf mois de complicité ?! … Oui, l'invisible a ses raisons, indépendamment des religions ou non.

Un ange parmi les anges, diront certains. Une énergie ayant rejoint le grand tout pour d'autres. Moi, c'était souvent un cheval ailé qui me tenait compagnie. Le petit André a du certainement enfourché le sien pour rejoindre l'invisible. Les filles, ont-elles des licornes pour l'au-delà ?! …

Thil 2023

- LINGE BLANC ET

COL AMIDONÉ ... -

Ce fameux jour est enfin arrivé. Un voile blanc se fait subitement devant mes yeux. Déjà que je peine à fixer un objet dans ma chambre !

—   Arrête Alain avec ton p'tit frère !

Le regard de mon père dissuade finalement mon aîné. Maman prépare ma tenue de baptême. Folklorique, dirais-je! Non seulement la tenue, je vais ressembler à une fleur ! Puis le folklore également pour tout préparer ! *(Selon maman!)*. Ne pas oublier les petits fours que la grande Jacqueline a préparés dans son four.

—   Il y aura du monde !

Martèle maman en finissant de me déguiser. La peur d'avoir oublié quelque chose, que mes deux grands frères ne se comportent pas bien durant la cérémonie, que tous nos invités ne manquent de rien et j'en passe ! Une dépression sournoise commune à s'immiscer due aux peurs de maman. Cela débouche souvent sur une maladie que l'on a du mal à diagnostiquer. Un mental souvent mal utilisé au détriment personnel de notre santé ...

La peur n'est qu'un état de lutte intérieure finalement. Une prison dans laquelle beaucoup se complaisent.

En quoi ça dérange d'avoir deux couteaux qui se croisent ? D'une paire de chaussures neuves sur la table familiale ? Où le plus connu d'après moi qui est celle de passer sous une échelle ?

Drapé comme je suis, ne suis-je pas franchement le plus jeune héros ne connaissant aucune peur ? ... MARVEL n'a qu'à bien se tenir mes amis ! La peur nous empêche d'avancer. Pour cela, il faut en être conscient. Nos peurs ne sont pas que liées à un danger réel, elles sont des dangers que l'on fantasme dans l'avenir et qui sont la description du réel, mais finalement pas la réalité. Donc, on s'épuise à se stresser pour des obstacles qui ne sont tout compte fait que dans notre tête et dans la représentation que l'on s'en fait.

Il y a des peurs justifiées bien évidemment comme par exemple une voiture qui vous fonce dessus à vive allure, là, il y a un danger réel. Par contre, si vous êtes licencié, il y a là aussi un danger, la réalité subite que ma boîte va fermer. C'est normal après tout que vous ayez peur ... Ben non finalement, car dites-vous que vous pourrez choisir de ne pas avoir peur et d'y trouver plutôt une opportunité de changer où d'être soulagé de ce travail contraignant en définitif. Ce n'est donc pas la situation qui déclenche votre peur, c'est la façon dont vous voyez la chose. Un peu comme maman et ses p'tits pains au four …

Malheureusement, on nous apprend à avoir peur. Nos parents nous élèvent le plus souvent, en ayant peur car ils nous AIMENT. Leur propre confiance est déjà moindre et n'ont également pas confiance en la VIE. Donc, ils ont peur pour notre éducation. Ne pas dire de gros mots, d'être bien éduqué, la peur également de ne pas réussir dans la vie, dans le chemin tout tracé d'avance, qu'ils avaient pensé pour nous. Ce fameux "PÈRE & FILS", que l'on ne voit d'ailleurs jamais au féminin sur les publicités des tramways de Lille, bizarre non ?! Et ce n'est pas parce que nous sommes en 64. Voyez plutôt maintenant en quelle année vous êtes … *(Parler de sa naissance n'est pas chose aisée n'est-ce pas ?)*.

Bref, faisons justement un petit retour sur ces fameuses peurs. Dans le ventre de maman, et maintenant ou je frôle les quatre mois, je ne me suis jamais demandé si j'avais peur. Peur de ne pas être aimé, de manquer ou de ne pas réussir … Bien évidemment que non. Alain et Pascal, pourtant bien plus grands que moi, ne se posent pas ce genre de question. Un mot qualifie bien cela, c'est "l'INSOUCIANCE".

C'est le plus souvent l'adulte, ici en l'occurrence maman Léontine, qui crie à tout va :

— Ne fais pas ça, Alain ! Toi non plus, Pascal !

Et papa Gus qui remettra le couvercle quand arrivera l'heure du coucher, après une journée de travail. D'ailleurs, sans savoir le pourquoi du comment, je voyais Gus venir donner la fessée aux grumeaux après que maman lui ait raconté ces déboires de la journée, prétextant que moi, Gabin, je n'ai pas pu faire ma sieste correctement. Même le laitier qui fait un bruit d'enfer avec sa musique, ne me dérange nullement d'être avec pépé Fernand !

La peur d'une fessée pour les uns et pour les grands, la peur d'avoir mal fait en fin de compte *(mais sans se l'avouer !)*, paroles de grands obligent.

—   Fait ce que je te dis !

—   Ne fais pas ça p'tit "con" !

Ou la célèbre phrase qui fait trembler bon nombre de chérubins :

—   Je vais le dire à ton père quand il rentrera !

L'élastique est tendu comme dirait Dany Boon, ce célèbre humoriste de notre région.

—   Comment amener ma contribution pépé Fernand ?!

Après cette journée mémorable *(pour tout le monde!)*, j'ai rejoint l'invisible pour mon plus grand plaisir ! Nous traversons un monde aux couleurs chatoyantes pour arriver dans une immense prairie fleurie de millions de fleurs aux couleurs ineffables. Sous une cascade d'eau pure, nous sommes assis maintenant sur un petit banc de pierres roses. Le lieu est féerique.

— Que veux-tu me dire exactement Gabin ?!

Je repense subitement aux peurs de mes parents lors de cette fameuse cérémonie en mon honneur. La dernière parole de mon père Gus en entrant dans l'église est :

— Tu as prévenu le boulanger pour les petits pains au lait ?! ...

Pauvre papa. Toutes ces peurs inutiles qui les étouffent à la fin. Pépé Fernand devine mes pensées et me dit mentalement, comme à chacune de nos rencontres dans l'au-delà :

— La vie n'est pas difficile, fil de fer. Moi-même, je pensais qu'il fallait beaucoup d'efforts pour réussir. Sans certificat d'études, ton papa aurait pu terminer à la mine, tu sais ...

Je le regarde perplexe. Dans le monde ou nous sommes, je suis un jeune homme de dix-huit ans et soudainement, je dis à pépé Fernand rajeunit lui aussi :

— Il ne faut pas être fort pour réussir, n'est-ce pas ?

— Fort du cœur mon garçon. L'amour efface toutes les peurs.

Ce qui est le plus rageant pour moi, c'est de me retrouver au fin fond de mon berceau en oubliant le moindre mot de cette conversation passionnante avec pépé. L'heure de la tétée ne va pas tarder ...

Je viens de fêter mes cinq mois et par la même occasion l'anniversaire de maman ! Le 13 décembre 1933. Je comprendrais mieux avec mon regard d'adulte cette date de toutes les peurs. Non par la date, mais la grande dépression qui en a découlé à cette époque. Les années noires Outre-Atlantique. Les années de toutes les peurs, dirais-je plutôt ...

Bien des déboires auraient pu être évités s'il y avait eu une once d'amour dans la réflexion populaire. Et de "biens meneurs" comme on appelle nos chers gouvernants. Regardez celle de maintenant *(quelque six décennies plus tard pour moi)*. 2024 bientôt d'ailleurs !! Plus dix pour cent, plus quinze pour cent, plus dix-huit pour cent pour certains produits de la vie courante. Les G.A.F.A* ont peur de leur marge pour leur train de vie ! L'effet boule de neige est aussi lancé aux détriments de la population où tout le monde compte bien se faire une part du gâteau !! Vénale, n'est-ce pas ?! ... C'est pourtant la triste réalité, mesdames, messieurs. Tout comme ces pages que j'ai noircies pour vous écrire mes amis ! Et Bim ! Quarante pour cent d'augmentation ! Due à quoi exactement ?! ... La guerre en Ukraine à bon dos, ne croyez-vous pas ?! ...

Mais revenons à l'instant présent, celui de mille neuf cent soixante quatre, si vous le voulez bien.

G.A.F.A : Grands groupes qui brassent des milliards par jour. Acronyme de Google, Apple, Facebook, Amazon.*

Mais en revenant, on s'aperçoit tout de même que, finalement ça n'a pas beaucoup changé depuis les années trente. Nous savons seulement plus vite que la bourse à décrocher ! Vive internet pour une fois et le modernisme qui va avec !

Deux malheureux poireaux pour la somme de 3.50€. On croit rêver, n'est-ce pas ? Est-ce pour autant une peur bien menaçante ? Dame nature est là pour nous et faire pousser ce dont nous avons besoin. Alors doit-on toujours dépendre de certaines personnes pour être heureux tout compte fait ?!

Un petit potager ne suffirait-il pas ? Je vois encore d'ici les détracteurs qui vous diront qu'il est très difficile de faire pousser une salade dans un appartement *(social ?)*. N'est-ce pas à la mode actuellement cette histoire des jardins partagés ?! Le monde se réveille, vous dis-je … Cet amour communautaire qui nous fait tant défaut hélas …

Un jour, mon regard d'adulte se posera sur cet inconnu marchant seul dans la nuit, l'air perdu. Un regard intérieur … Cet inconnu, c'est moi. Ferais-je les bons choix dans ma vie future ? … Mais cessons un peu de parler de tout ça. Bientôt place à la nativité divine. Ce fameux jour que tous les enfants du monde attendent avec impatience. Et pour les chérubins, de se demander eux-mêmes intérieurement :

—   Ai-je été sage ?!

Comme si la vie n'était qu'une succession de peurs finalement … Mais teintée de blanc bientôt. Le temps est à la neige comme disent les anciens. Bientôt Noël …

- PERCEPTIONS -

Je vous passe le couplet musical :

—   Il est né le divine enfant ! ...

Ce serait un peu présomptueux de ma part non ?! ...
Quoi qu'il en soit, une chose qui se confirmera tout le long de
ma vie, c'est que la mort n'est pas une fin en soi. Amen.
Humour de "gosses", et n'allez pas dire ça à Québec
malheureux !! Tiens ! Encore une peur sous-jacente ! On
dirait en tout cas.

Vous l'avez deviné ... Noël approche et dans la
maison, maman à fort à faire. Non pas pour ces futiles
décorations ou arracher à Dame Nature un magnifique
Nordmann privé de ses racines, non, c'est plutôt cette sacro-
sainte réunion de famille qui la met dans tous ses états.

Je sais, moi bientôt baptisé grommelant sur cette fête
religieuse et catholique de surcroît. Ce qui me dérange le
plus, c'est le côté marketing de la chose. Et allez hop ! Pascal
vient de mettre son petit nœud papillon (bleu) assorti au
costume dans les toilettes !!! Mais revenons à ces croyances
et de tout pays, mes petits pavillons d'oreilles ont déjà capté

le bruit strident que fait Pascal après avoir reçu sa énième fessée. Merci !!

Comme je vous disais, beaucoup se donnent bonne conscience en ces périodes festives. Pester contre ses employés, tout au long de l'année et "planter" un majestueux sapin au beau milieu de la réception en souhaitant un joyeux Noël tonitruant à tout le monde !

Est-ce cela de l'amour ? Un acte commercial ? ... Je vous laisse seul juge. Pas bourreau, à chacun sa personnalité et notre droit est primordial ici dans la matière. Mon sapin est plus beau que celui de tonton Maurice. La belle affaire ...

Ces réunions de famille qui semblent toujours interminables. Est-ce pour cela qu'il y a le trou normand ? À peine la dernière bouchée de forêt-noire, qu'il sera bientôt l'heure de l'apéritif mes aïeux !!

Maman aime les grandes "tablées". Le côté convivial et voir le sourire sur toutes les lèvres. Par contre, et c'est là où je voulais en venir, c'est les "on dit" après les derniers au revoir ! Rentrez bien ! Le comportement de la cousine à la messe ou encore de tante Jade voulant absolument son hostie poussant sa voisine dans l'allée centrale.

—   Elle a toujours été mégère.

Finira de dire maman en tirant les rideaux pour la nuit. Toujours être dans le jugement, ne pas s'en empêcher.

—   Moi, je n'aurais sûrement pas fait comme ça !

Nous sommes tous différents ici sur cette Terre, mais tellement unis et entourés d'amour dans l'invisible ! La vie est si belle quand elle est vécue avec amour. Ne pas prendre les épreuves comme une fatalité, mais comme un apprentissage. De la compassion, ni plus ni moins.

En réalité, c'est à ma naissance et en âge de comprendre qu'il me fera réapprendre le mot amour. Au moment même où mes cinq sens terrestres se sont ouverts à moi pour ce monde de matière. Beaucoup trop difficile de filtrer mes pensées. Les premières à vrai dire et à commencer par maman. Celle qui m'a donné la vie.

Comment réagir devant un bain trop chaud ? Comment s'exprimer de la façon la plus juste pour dire que je n'aime pas la purée de carottes ?

Dès ma naissance, j'ai eu cette sensation d'être une pâte à modeler dans les bras de maman. Le fameux : fais pas ci – Fais pas ça ! Tout le monde y a eu droit rassurez-vous !!!

Savoir se faufiler pour ne pas dire ce que l'on pense vraiment. La paix le plus vite possible arrange tout le monde n'est-ce pas ?!

—   Tiens ton biberon.

Finira plus tard par :

—   Oui, tu as raison, si tu le dis.

Sans se rendre compte une seconde que quantité d'énergie négative nous sera demandée de fournir. Dans notre for intérieur, nous savons, mais notre ego vient là encore nous souffler sa vérité.

Et cela, inconsciemment Mesdames, Messieurs ! L'exemple de cet homme qui se fait agresser verbalement en rentrant à la maison.

— Pourquoi tu ne m'as pas répondu ? ... Tu étais où ?! ...

En règle générale, nous répondons sur un ton qui se veut défensif.

— Ben alors ! Ce n'est pas de ma faute si mon patron ...

Et je vous passe ici toutes les excuses du monde. Si l'épouse n'écoute pas son ego, elle entendra son cœur ou son âme lui susurrer de dire :

— Je me suis inquiétée de toi sans nouvelle.

Et l'homme de réagir en se disant que finalement sa chère et tendre se faisait du souci pour lui.

L'ego reste néanmoins nécessaire, mais savoir dire non, ne veut pas dire non plus exploser pour le moindre tracas. De toute manière, nous aurons toujours une peur *(infondée !)* qui viendra vous titiller pour un oui ou pour un non. Se sentir faussement en paix si vous ne les affrontez pas. Vouloir se protéger à tout prix envers et contre tous.

Mais posez-vous la question avec votre cœur, votre âme.

—   Pourquoi je me mets dans des états pareils moi ?! ...

Ou cette phrase, également, venant principalement de l'ego.

—   Il n'y a pas péril en la demeure.

Se mettre à la place de "l'autre" n'est pas chose aisée, n'est-ce pas ?! ... Pourtant, combien de conflits auraient-ils pu être évités ? Du simple bras d'honneur en ne sachant même pas si votre chauffard doit se rendre d'urgence à la maternité. Aux guerres sanglantes pour acquérir un lopin de terre ? N'est-ce pas Monsieur Poutine ?! ... Pour ne citer que lui et qui est d'ailleurs d'actualité à l'heure où j'écris ses lignes ... Bref, comme dirait Pépin *(il n'y a pas que moi voyez-vous !)*.

Mes membres se solidifient, j'adore ramper en poussant sur mes jambes ! Maman est de toutes les intentions. C'est là où un jour Gus, mon papa, a ramené à la maison un parc dépliant et le plaçant au beau milieu de notre petit salon. Avec tous ces barreaux, il ne me manque plus qu'un numéro de matricule au dos de mon pyjama non ?! Riez ! Mais ce n'est pas drôle, quand maman s'absente trop longtemps hors de ma vue. Ma référence, comme votre chiot que vous ramenez la première fois chez vous ... Chez lui.

Qu'attend-elle de moi exactement ?! Que je fasse des études de médecine ?! Moi ... Futur saltimbanque ...

Je n'aurais hélas pas le choix et comme bon nombre de bébés de mon époque, je suppose.

— Toi, tu es une fille, tu feras couture, au pire cuisine *(au secours !)*.

— Toi, tu es un garçon, tu seras électricien ou menuisier comme papa *(help !)*.

J'avoue que le choix était vite fait à cette époque. Pas le temps d'écouter son cœur ou encore moins de s'exprimer franchement !! J'en ai la preuve avec mon papa. Gus est descendu à la mine une journée pour finalement supplier ma grand-mère en lui disant qu'il travaillerait bien à l'école.

— Les pleins et les déliés mon garçon.

Dira son professeur avant de décrocher enfin le fameux certificat d'études, le Saint Graal ! Pour l'instant, j'ai le choix entre les p'tit pois ou les carottes. C'est un bon début non ?! ...

Alors moi, Gabin, je me laisse vivre et m'imprègne de chaque instant, de cette nouvelle vie. Tiens ?! C'est quoi ça ?! Et ma mère crie :

— Gabin !! Non !! Ne mets pas ça à ta bouche ! C'est sale enfin !

La balle de Moustique, notre caniche. Façon, elle rebondit même plus ! Pour l'instant, je sais comment faire pour attirer son attention ... Insidieusement, vous dis-je ! Dur quand même ce monde de matière. L'invisible me manque, et pourtant, il est là, en moi, en chacun d'entre nous d'ailleurs.

Voyez toutes ces énergies positives qui viennent vous entourer quand vous embrassez votre enfant avant de le laisser au portail de la maternelle. Cette joie qui vous envahit au plus profond de vous, même avec cette petite phrase qui vous passe par la tête :

—   Je te protège mon chéri.

Mais de quoi ?! ... De qui ?! ... Certains parents "briment" leur rejeton avant que le temps *(ce fameux temps)* ne fasse son œuvre. C'est-à-dire RIEN. *[C'est ce que vous en faite concrètement]*.

—   Je vous préviens vous deux ! Au moins un A dans cette matière, je veux !!

La peur *(toujours infondée)* que mes frangins ne réussissent pas leurs devoirs ? Un échec passé pour maman?! Un exemple où naissent nos peurs ... Un exemple pour renforcer son ego par la même occasion.

Interdire à son enfant de s'épanouir pleinement. Je vois encore ici les détracteurs qui crient à l'anarchie dans ces cas-là !? Pourquoi alors avons-nous créé des lois, Chers Critiques ?

Justement pour ne pas dépasser les bornes, Chers Détracteurs, ces mêmes enfants, qui devenu adulte, retranscriront leurs phobies sur leur propre progéniture. Et la boucle est bouclée. Malgré le manque d'amour paternel et de ne pas avoir entendu ne serait-ce qu'une seule fois "je t'aime", je le crie maintenant à tout-va à mes enfants. Je ne suis pas Gus. Je suis Gabin et je connais mon bonheur.

Voilà où est tout le problème mes amis. Je ferais plaisir à maman pour mon cours d'histoire. Par contre, j'excelle en dessin !

— Dessinateur c'est pas un boulot ! L'avenir, c'est le plastique !!! *(Nous sommes en 1964, petit rappel).*

Et cette phrase si souvent entendu de la part de nos aïeux :

— T'iras à l'usine comme tout le monde.

Ou encore ...

— L'argent ne tombe pas du ciel mon garçon !!

Enfant, nous mettons sous cape nos désirs les plus profonds. Des désirs d'amour et de bien-être. N'est-ce pas pour cela que nous sommes venus sur cette Terre ?! Passer trente ou quarante ans dans un boulot que vous n'aimez pas finalement. Je comprends mieux pourquoi ce désir de vacances tout au long de l'année de la part de Gus.

Rappelez-vous mes premières vacances dans les Ardennes en 403 Break Familiale. Râler sur les grumeaux surexcités plutôt que de regarder ce joli paysage vosgien à s'y méprendre. Quand ce n'est pas l'emplacement de la caravane qui a été prise par un opportuniste !! Où est le bonheur dans tout ça ?! ... L'Amour ?! ...

Nous nous engluons dans nos propres angoisses souvent imaginaires. À croire que les gens aiment la routine, une sorte de fatalité finalement ...

- CARPE DIEM -

C'est mon état d'esprit depuis neuf mois maintenant. Que le temps passe vite dans la matière ! Puis terminé d'être à quatre pattes, mes petites jambes potelées commencent à soulever peu à peu mon popotin et l'équilibre arrive non sans mal.

— T'as bu Louis ?!

Cette phrase résonne encore dans ma tête.

— Regarde comme il est chou !

Je suis de toutes les intentions ... Le maître du monde où mes écarts sont plus vite pardonnés que les grumeaux ! Fini le pouic de Moustique, je m'attaque à l'armoire de la cuisine en m'agrippant à la bouteille de Javel.

À mon âge, c'est un peu se prendre les doigts dans une prise de courant. Je sursaute littéralement de peur en rougissant mes jolis yeux bleus d'un torrent de larmes. Maman vient de crier. Les grumeaux pourront vous le confirmer, les lois de maman sont aussi strictes que celles du gouvernement de Vichy, il y a vingt ans de cela.

Comment cela se passait-il dans les familles hippies ? Je me le demande voyez-vous ! En tout cas, mes géniteurs n'étaient pas de ceux-là ! Dommage ...

— Ne mets pas ça à la bouche bébé !!! Gabin !!

Et prout ! Les bras de maman viennent de suite me happer et m'entourer d'amour. Je sèche mes larmes dans le creux de son cou. Elle tapote mes petites fesses.

— C'est tout mon bébé. Ne pleure plus ...

Pour moi, cet incident *(qui aurait pu être dramatique)* était clos à la seconde ou sa chaleur corporelle est venue m'envelopper. Nous, les bébés n'avons pas de préjugés. Encore pur pour quelques mois. Je suis ravi d'ailleurs de pouvoir continuer à m'échapper de temps à autre dans l'invisible. La connaissance absolue me revient en mémoire. Le regard sur ma famille est à ce moment-là bienveillant et plein de compassion.

— Sacré baptême, fil de fer !

— Merci, pépé Fernand ! Mais ...

— Ne me dis rien petit. Tu sais comment sont les humains dans la matière.

— Leur ego prend trop de place ?

— Oui, c'est cela, Gabin.

Garder en soi cet enfant intérieur. Ce que je suis pour un temps encore. Devoir rentrer absolument dans des cases au détriment de notre propre liberté. Celle que l'on nous autorise. Pour les grumeaux, leur rentrée à la maternelle en est la preuve flagrante. Plus tard, le service militaire ne sera pas non plus oublié, puis au besoin, on vous le rappellera. Certains réfractaires se feront appeler les objecteurs de conscience. La belle affaire ! Au niouf !! *(Prison)*.

Là, l'exemple est flagrant non ?! ... Que l'on passe encore les convictions religieuses ou philosophiques, mais ne pas vouloir mettre les mains sur une arme est inadmissible pour nos gouvernants. Il serait donc impensable pour eux de ne pas vouloir tuer si un conflit viendrait à avoir lieu sur notre beau et grand territoire. Clin d'œil aux Américains avec le projet récent du Trump-Wall. Un mur long de 1300 kms *(Comeback 2017)*.

Ne pas tendre la main à ceux qui ont faim. Apparemment, ce n'est pas ce que prône le livre le plus lu au monde, à savoir "La Bible".

Remarquez, nous ne sommes pas en reste avec nos migrants. J'ai encore en tête, l'image de ce petit garçon de trois ans, mort sur une plage du Nord de la France. Aylan, me semble-t-il. Où est l'amour dans tout ça ?! ...

Dépenser des milliards d'euros contre l'immigration alors qu'il serait plus judicieux d'avoir des bâtiments dignes de les accueillir avec une aide alimentaire. La France, n'est-elle pas un pays d'Égalité, de Fraternité et surtout de Liberté? Allez dire ça aux migrants quittant famille, vie, travail, terre ancestrale pour prétendre uniquement de sauver leur simple vie. La loi des hommes n'est pas celle que recommande l'invisible. Faire l'expérience de l'amour sur Terre. Cette planète, si belle et en même temps si fragile à la fois.

C'est tellement plus simple quand les choses sont dites avec amour et bienveillance. Être soi tout simplement sans empiéter sur l'amour de l'autre, être libre de ses choix. Moi, je dirais plutôt faire confiance à l'invisible. L'au-delà pour les autres. Et sachez que le hasard n'existe pas. Je préfère parler de synchronicité. Rappelez-vous de cette fameuse publicité sur le tramway du centre de Lille.

Il y a également cette phase émérite que j'ai souvent entendue :

— 	Tu es jeune. Profite !

Cela viendrait à dire qu'arriver à un certain âge, on ne peut plus jouir de la vie. La fatalité s'installe peu à peu au profit du regret. Autant, dans ce cas, attendre sa couronne mortuaire non ?!

– REPOSE EN PAIX –

Pourquoi ?! Il ne l'a jamais été de son vivant ?! On a de drôles d'idées quand même sur Terre ?! ... Cueille le jour, telle est ma devise. Être en amour pour éviter les regrets. Vivre ma vie d'enfant dans un corps d'adulte maintenant, sans oublier nos fameuses lois qui ressemblent plus pour moi à un :

— 	Attention Gabin ! Je t'aurais prévenu ...

Rien de tout cela si vous êtes en harmonie et que vous vous aimez vraiment. Les réactions égotiques s'effaceront tout naturellement mes amis. Croyez-moi.

En parlant de croire en ce monde où pépé Fernand vit désormais, il est tellement difficile de se le visualiser comme j'ai pu le décrire au bord de cet étang entouré de papillons bleus pour se retrouver subitement à l'endroit que vous pensez dans l'instant T. Le sommet d'une pyramide par exemple.

– AUTO PORTRAIT –

_ GABIN 1964 _

Phil 2023

- E.M.I -

L'acronyme pour Expérience de Mort Imminente ou N.D.E. pour Near Death Experience. L'expérience près de la mort. Un sujet qui se démocratise peu à peu. C'est onze ans après ma naissance, soit en 1975, que parut le livre intitulé "La vie après la vie", de Raymond Moody. Médecin et docteur en philosophie, ayant recueilli pendant plus de vingt ans des témoignages de personnes ayant fait, comme qui dirait, un p'tit coucou à pépé Fernand. Joli exemple tiens !!

Beaucoup de septiques parmi nos contemporains, surtout pour les scientifiques du corps médical. Puis on ne touche pas à BIG PHARMA n'est-ce pas ? Quel intérêt pour eux de vous savoir heureux donc en bonne santé ? Aucun. Quels profits pourraient-ils en tirer ? Comme je vous en parlais au début de ce roman, il y a des cas assez exceptionnels, je dois dire, comme ce neurochirurgien américain, Eben Alexander, grand spécialiste du cerveau décrivant l'invisible comme l'endroit le plus merveilleux qu'il n'ait jamais connu !! La vie existe bel et bien après notre mort. Et ce n'est pas pépé Fernand qui dira le contraire …

Pourquoi alors les gens s'évertuent à vivre comme si après, il n'y avait que le néant. Quel intérêt à être le plus riche du cimetière ? ... Aucun également.

Saviez-vous qu'en France, nous sommes les plus grands consommateurs de psychotropes et d'antidépresseurs en tout genre ?! Toutes ces névroses, ces peurs que nous inventons sous prétexte de se protéger.

Vous vous sentez protégé quand vous fermez votre fenêtre à la vue d'un inconnu qui ne va pas tarder à passer devant chez vous ? De regarder votre portable éteint quand vous croisez quelqu'un dans la rue ?! ...

Nous sommes des êtres de lumière qui n'exploitons qu'une infime partie de nos capacités sur Terre en oubliant que l'Amour est la plus puissante des énergies qui nous a été donné. Le monde s'en trouverait profondément changé et ceci pour le bien de tous.

C'est le bien, l'amour qui gagnera au final. Voyez autour de vous et écoutez. Le monde gronde. La vibration s'élève de façon importante, à commencer par notre planète bleue. Il n'y a pas un jour aux informations sans que l'on parle d'incendie, de déluge, de séismes et j'en passe. L'être humain également doit changer de vibration. La peur de manquer gagne les chaumières. Un conflit quelque part dans le monde, une guerre comme en Ukraine *(rappelez-vous 3h33 de Paris)*, suffit à la panique, jusqu'à faire exploser le panier de la ménagère ! Chacun sa part, à commencer par les grands groupes alimentaires.

N'oublions pas BIG PHARMA au passage ! Allez, on double la production d'antidépresseurs ! Problème réglé comme dirait l'autre.

L'autre ... Celui que notre ego refuse d'aimer pour des raisons fabriquées de toute pièce. Notre mental, pas notre cœur ... Vouloir se protéger, mais de quoi ?! De l'économie mondiale et du cours du blé ?!

Par la même occasion, on va augmenter les bougies tient ! Ça discute fort dans les grands groupes ... Alors inconsciemment, l'humain se met à l'œuvre à contre-sens. Trouver des astuces pour garder son train de vie. Subitement, on entend parler de jardins partagés. Terminer les poireaux hors de prix ! 1.50€ une salade !!

— C'est du vol, monsieur !

No comment.

Mais les gens se rassemblent, échanges leurs idées ...

— Tu devrais plutôt prendre une bêche pour ce sol argileux.

Ils s'ouvrent aux autres. N'est-ce pas de l'amour tout compte fait ?! Je vous parlais aussi des bénévoles, ceux qui dans l'ombre œuvrent pour des démunis ou des civils prit dans une guerre qui les dépasse complètement.

Qui va tirer le missile le premier ... Le contrôle par la peur. Vieux comme le monde non ?! Voyez ces personnes qui œuvrent pour les réfugiés et ses sans-abris. Les victuailles, les vêtements que l'on met en carton. N'oublions pas les dons monétaires pour l'acheminement de cette aide, camions, essence. Durant tout ce process, il y a eu échanges ... Inquiétude, tristesse, mais unis dans ce partage, cette cause.

Vient alors l'heure des connaissances, des rires, de l'espoir. Comment appeler cet élan, si ce n'est que purement et tout simplement de l'amour ?! ... Voyez comment, à chaque fois que cela nous arrive, nous faisons face malgré nos colères et nos peurs.

Même sans s'en rendre compte, c'est l'amour qui nous réunit. Tout simplement l'Amour. Un mal pour un bien pourrait-on clôturer. Non ?! La troisième Guerre Mondiale est déjà là, installée sournoisement. La colère gronde comme notre planète, polluer pour rendre plus propre. N'est-ce pas là un paradoxe ? Je pense ici aux véhicules électriques et à ces mines de minerais. Quand ce ne sont pas des enfants qui sont à l'extraction ... No comment.

Bref. Revenons à nos E.M.I., si vous le voulez bien. Toutes les personnes étant revenues d'expérience de mort imminente s'en trouvent profondément changées. Soyez curieux et prenez l'exemple d'Eben Alexander ou de Nicole DRON en 1968. Une charmante petite dame qui n'est sûrement pas une affabulatrice et qui a attendu dix ans avant d'en parler à ses amis.

À notre époque, les réseaux sociaux font aussi de bons sujets. À contrario, je pense ici à certains grands marabouts et spécialistes incontestés du mariage *(surveillez vos boîtes aux lettres !).* Tous ont un mot pour vous décrire cette merveilleuse expérience vécue dans l'invisible :

— INEFFABLE.

Tous ces êtres humains s'en trouvent véritablement métamorphosées. Certains divorces, n'étant plus en adéquation au sein du couple. D'autres ont hâte d'apprendre sur tel ou tel sujet qui auparavant leur semblait complètement futile et incompatible avec leur vie d'avant. Un exemple peut-être ?! Le cas de Patricia STOHR, expérienceuse elle aussi, qui anime maintenant des ateliers de méditation.

Je vous le répète, soyez curieux et allez donc pianoter sur le web. La technologie peut-être de bon aloi. Beaucoup ont également développé des capacités paranormales suite à leur mort cérébrale, la médiumnité en est une d'ailleurs. Ils gardent en eux, une partie de l'invisible qu'ils ont côtoyé durant leurs indescriptibles voyages.

Un grand nombre se tait malheureusement, par peur qu'on ne les prenne pour des fous, des marginaux ayant sûrement abusé de l'apport d'oxygène pendant leur opération *(presque fatale !).* Certains ont la capacité de "sortir" hors de leur corps. Après vous y croyez ou pas, mais cela reste assez troublant ne trouvez vous pas ?! ...

Comment raconter le déroulement complet de "votre" opération et de ce qui a pu se dire dans les échanges entre les praticiens ?! Comme Nicole Dron, morte cliniquement et se retrouvant subitement dans la salle d'attente auprès de ces proches, les voyant en détresse, mais étant bien incapable de communiquer, étant dans l'invisible comme pépé Fernand ! Troublant, n'est-ce pas ?! ... Passant son bras à travers son beau-père présent comme un hologramme, mais pourtant lui bien vivant !!!

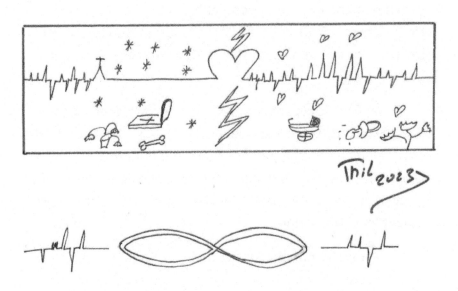

- LA PAILLE DU VOISIN ... -

Tout le monde aimerait bien connaître le premier jour de leur propre naissance. Ces neufs mois passés au creux du ventre maternel.

Qu'ai-je dit à défaut de faire ?! ... Une dernière recommandation de la part de l'invisible ?! ... Ou simple programmation biologique ? L'au-delà pour les défunts. Est-ce un retour aux sources ?! Assurément chers amis. Une énergie formant un tout, dirait Philippe Guillemant.

Il est vrai que les médias n'en font pas choux gras. Puis comme je me "tue" à le dire, la peur est d'autant plus évidente devant l'inconnu, l'inexpliqué ... Je ne vous demande pas de croire aux extra-terrestres *(bien qu'ils sont là)*, mais tout le monde, et cela, depuis la nuit des temps, cherche à savoir ce qu'il y a vraiment après la mort.

Médiums, expérienceurs, guérisseurs ne sortent pas d'un Marvel. Ils sont bien réels comme vous et moi. Nous ne pouvons pas et plus le nier. Nous pouvons élargir le panel de ces gens, peu ordinaires, en vous parlant des autistes aux capacités extraordinaires mais limitées avec leur sens terrestre. Je pense ici au film RAIN-MAN, avec l'excellent acteur Dustin Hoffman pouvant mémoriser, au casino, un sabot de six jeux de cinquante-deux cartes à l'intérieur ?!! … *(Ma scène préférée)*. Cela sort de l'ordinaire n'est-ce pas ? … Ou de l'invisible ?! …

Je vais bientôt fêter mon premier anniversaire. Mon formatage est déjà bien en cours. Le mot "caprice" vous dit quelque chose ? … Je souris, mais avouez que bébé peut déranger maman à deux heures du matin non ?! Essayez, messieurs … Essayez …

Mes pleurs ne sont plus innocents que je ne laisse paraître. Viendra ensuite les coups fumeux des grumeaux que fatalement, je reproduirais … Ou pas. Puis surviendra le CP et ainsi de suite jusqu'à la quille *(souvenez-vous)*. Le premier flirt, mariage, enfants *(ou pas)*, vous êtes ancrés dans la matière où on vous a appris qu'un plus un égale deux. Jusqu'à la hauteur du Mont Blanc. Vous vous souvenez ?! …

Vos choix ne sont que vôtres. Tout comme moi d'ailleurs, rassurez-vous. Nous avons trop tendance à refouler les ennuis sur autrui. Nous sommes parfaits après tout, n'est-ce pas ? Et surtout lorsque l'on vous répond :

— Moi, j'ai été bien élevé, Monsieur !

Par qui ? Vos géniteurs ? Ceux-là même qui rêvent de vous voir médecin plutôt que saltimbanque ?! D'être poli comme ils l'ont été ?! …

Vos peurs sont souvent leurs propres bonheurs, ne l'oubliez pas. Clin d'œil au passage à Natacha Calestrémé. Il nous faut trouver notre place dans ce monde de matière où le bonheur est finalement autour de nous.

CARPE DIEM

Comme tout le monde, je fais mon chemin terrestre. Heureux les athées. Finalement, pas tant que ça si on réfléchit un peu. Ils passent à côté de leur vie en pensant que la mort est une fin. Certains "écrasent" les autres pour leur propre profit. Tout comme le petit voleur du quartier voulant améliorer son piètre quotidien. Passer à côté du bonheur serait pour moi le terme exact non ?! ...

Le bonheur, c'est savoir donner sans retour. Un peu comme le premier cadeau de Noël de votre enfant ou même le vôtre. Voyez la joie dans vos yeux ou ceux de vos parents ? Ça n'a pas de prix n'est-ce pas ? Aimons-nous d'abord avant de prétendre aimer les autres. Comment le pouvez-vous ? Partager vos peurs ? ... Vos angoisses ?! Certains ont ce don et on les remarque aisément parmi la foule. Il dégage une puissante aura, comme un maître en art martial où ses élèves se taisent aussitôt qu'il entre dans le dojo. Une énergie puissante qui est le respect ... L'amour tout simplement. Hélas, beaucoup veulent ressembler à leurs idoles. Les groupies et autres fans en tout genre. Leurs propos qu'ils disent le plus souvent.

— Comme j'aimerais être à sa place !!!

Tout le monde le peut, si on y met du sien et en restant réaliste sur certains fantasmes. Puis ces gens-là, ne sont pas tous heureux, croyez moi. Allez "googliser" : le club des 27, si vous êtes curieux, vous verrez ...

– LE JUGEMENT CRÉÉ LE CHAOS –

Plus simplement, on aime à mettre de l'huile sur le feu.

—   Oui, mais lui ...

Ou encore :

—   De toute façon, j'ai raison.

Dans le premier cas, vous avez la réponse : LUI. Ce n'est pas vous. Chacun est un être unique rappelez-vous.

Dans le deuxième cas, vous affirmez une certitude, votre interlocuteur du moment également.

Avoir raison ... Un dialogue de sourds, n'est-ce pas ?! Votre ego ne fait que de vous protéger. Mais de quoi finalement, si vous restez dans le jugement. Nous sommes créateurs, pas notre ego.

—   Petit, on m'a appris ...

Voilà la source. Mais vous préférez être heureux ou avoir raison ?! ... Si je ne peux pas avoir raison, comment pourrai-je être heureux finalement. Nous sommes les seuls maîtres de notre propre expérience. Qui d'ailleurs peut nous juger mieux que nous-même ?! Personne. Il en est ainsi, je le concède, mais n'avez-vous jamais entendu votre petite voix intérieure qui vous souffle :

—   J'crois qu'j'y suis allé un p'tit peu fort ...

Puis vite de rajouter (ego oblige) :

—   Oui, mais il *(ou elle)* l'avait mérité ...

Comme je l'ai écrit plus haut, dialogue de sourds.

Pourquoi mettre au "niouf" l'objecteur de conscience qui refuse de prendre un fusil ? Servir une cause ? Petit, c'est travaille bien à l'école pour avoir un bon métier et tu auras des sous ! Le conditionnement commence à votre premier cri. Si tu ne pleures pas, tape sur les fesses !!! Ou le système de bon point. Au bout de dix, une image ! La belle affaire ... Apprendre à être le meilleur, mais au dépit de quoi ? Vous êtes déjà Amour. Vouloir se protéger à tout prix au lieu de s'ouvrir aux autres. S'ouvrir, pas seulement aux restos du cœur, comme les bénévoles ou dans un gymnase après une quelconque catastrophe, non mais dans la vie de tous les jours. Savourer chaque matin de pouvoir respirer, d'être en vie tout simplement. Un merci que la majorité de la planète ignore. Ce n'est pas seulement le signe de croix que l'on fait le dimanche à la messe, tondre sa pelouse et préparer ses affaires pour le lundi matin. Non. Être heureux, c'est savoir savourer ce que l'on n'a pas, de ce que l'on convoite.

Les grands de ce monde pensent souvent être les meilleurs. Voyez ce qui se passe réellement dans le monde. Personnellement, j'ai toujours connu la faim dans ce monde. Que ce soit en 64 ou au moyen-âge. Regardez encore maintenant aux informations, souvent négatives à souhait. Un manque d'amour, évidemment, n'est-ce pas ? Le boulot, la famille, les amis. Une belle chose qui tourne mal. J'aime cette parabole qui dit :

—   On voit toujours la paille dans l'œil de son voisin, mais pas la poutre que l'on a planté dans le sien ...

- PROFONDE INTROSPECTION -

Ma vie est passée à une vitesse fulgurante, elle n'est pas terminée, je me rassure. Toutes les connaissances que je possédais dans l'invisible m'auraient grandement aidé durant ces cinq dernières décennies. Mais une telle énergie puissante et de connaissances n'aurait fait que m'imploser !!!

Se déformater et vivre en pleine conscience, n'est pas chose aisée, je puis vous l'assurer. Le terme le plus souvent utilisé est : trébucher pour mieux se relever.

Durant ces moments nuageux, voir cataclysmiques, comme mon divorce, j'ai appris seulement a écouter au plus profond de moi, à m'aimer dans tous les sens du terme, à ne pas rejeter mes fautes sur autrui, pour ne pas dire "les autres", et ne pas prendre les leurs comme une quelconque agressivité, mais seulement y voir une opportunité pour être dans l'écoute ... Dans l'amour tout naturellement.

Ce changement s'est opéré chez moi vraiment tardivement, je le concède. Mais finalement, ouvrir les yeux sur la beauté de ce monde, n'a pas de prix. Ôter toute peur qui sommeille en moi. Voilà mon bien-être. Tout le monde a vécu un drame une fois dans sa vie. Un divorce, un proche disparu, un cancer qui vous ronge.

Pour moi, le premier exemple a été des plus dévastateurs. Mon monde, que je croyais être, s'est effondré ce jour-là. Ma petite princesse alors âgée de trois ans et demi à l'époque, ne pas la voir grandir, lui raconter une histoire chaque soir sans oublier le bain et le brossage des dents. Bien puéril de mon point de vue maintenant. Plus de quinze ans à ressasser le passé.

Qu'ai-je perdu finalement ? Un pan de ma vie tout bonnement. La culpabilité du jeu de la séparation. Ce n'est qu'une réalité dans ce monde de matière. Pour certains, cela mène a encore plus de souffrance *(personnelle !!)*. Alcoolisme, dépression quand ce n'est pas l'issue fatale, le suicide. Un moindre mal sur votre personne, car beaucoup prônent la vengeance. Voyez les faits divers, ou allumer la télévision, vous verrez. Le plus horrible étant bien évidemment les infanticides. Un mot, la vengeance.

Vous avez aimé cette personne, alors pourquoi autant de mal ?! ... Envers vous ou envers l'autre, les faits sont là. Je conçois qu'il est très dur et difficile de laisser partir sa "moitié" comme on dit. Ses souvenirs, ses joies, ses étreintes qui ont amené par amour des enfants parfois.

C'est parce que je t'aime que je te laisse partir. Je veux ton bien parce que je t'aime. Ton bonheur est le tien. Souvenez-vous du "lâcher prise". Facile à dire ! Vous diront les destructeurs *(je les aime bien ces gens-là !)*. Tout est facile quand vous êtes dans l'amour. Combien de verres de cette boisson anisée aurais-je pu éviter ? Sans oublier ce papier rose *(soyez curieux et lisez mon roman co-écrit avec Justine Obs, "Les chats noirs peuvent être heureux.")*.

En tout cas, assez d'argent épargné pour écarter les doigts de pieds en éventail sur une plage ensoleillée en hiver. C'est triste a dire quand j'y repense ... C'est ici que le mot "pardon" prend tout son sens. Cette peur que je me suis construite seul.

Je ne m'aimais pas. D'ailleurs, l'alcool est un très bon dérivé. Par contre, le matin vous avez une gueule de bois, mais toujours les mêmes problèmes. Ceux que nous créons de toute pièce. Alors après, on en veut à la Terre entière, les clans se forment.

—   Je ne veux plus en entendre parler !

Si à l'époque de mon divorce, j'avais écouté mon cœur au lieu de mon ego, j'aurais sûrement prospéré dans mon commerce ambulant *(j'étais rôtisseur)*. Un autre chemin de vie m'aurait tendu les bras.

Vous merdez ? ... L'invisible est là pour vous le rappeler, croyez-moi ! Tomber et se relever. Sachez que vous trouverez meilleur que ce que vous venez de quitter. Je sais, on va fatalement reparler des parents qui perdent un enfant. Dans ce drame innommable, en ressort de l'amour. Prenez le cas célèbre de Grégory Lemarchal. Voyez comme ses parents œuvrent pour combattre cette maladie qu'est la mucoviscidose. Toutes ces associations, toutes différentes les unes que les autres ? ... Les accidents routiers par exemple. Ces gens en sortent grandis, enrichis d'amour intérieur.

N'avez-vous jamais remarqué que l'on met en place toute sorte de dispositifs de prévention juste après qu'il y a eu un drame ?

— Ah ! Si j'avais su ...

Récurrent n'est-ce pas ?! Combien de fois ai-je entendu : plus jamais ça ... J'ai comme l'impression de vivre des peurs "contrôlées"/ contrôlables entre mon féminin et mon masculin. Deux faces qui nous habitent et nous animent dans nos choix, nos décisions, nos pensées même les plus saugrenues parfois.

Dialogue de sourds entre ma conscience et mon ego. Mais trouver, et c'est là le plus important, un équilibre parfait reste le plus difficile. S'élever en spiritualité, comme dit à juste titre Karl Gustavio :

— La névrose est une âme qui a perdu son sens.

Du vampirisme inconscient. Voilà où je veux en venir. La Terre n'est pas notre maison et prendre du recul sur ce à quoi on est vraiment. Un corps physique qui peut tenir quatre-vingt-dix voir cent ans, mais votre conscience spirituelle est bien plus colossale qu'à cette ossature de calcium.

Nous sommes ici sur Terre pour vivre le bonheur, ni plus ni moins. Arrêtons avec nos peurs imaginaires et faites comme cette petite graine insignifiante qui quelques décennies plus tard, voir siècles, devient un séquoia majestueux de plus de cinquante mètres de hauteur, cent seize pour le plus grand. Il se nomme Hypérion pour votre information.

Pour être dans la spiritualité, il faut être vrai et pouvoir accueillir ainsi le positif comme le négatif. Les conflits ne sont pas votre tout comme la peur que cela peut vous engendrer. Remarquez ces "publicités qui nous enrichissent sur les ondes TV et radios confondues. En outre, celle sur votre habitation, qu'il faut sécuriser et qui vous déleste au passage de précieux euros *(que l'on ne met pas pour l'alimentaire)*.

Ces gens-là, surfent sur vos peurs, enrichissant justement le sacro-saint ! La famille !! La maison !!! Un semblant de bien-être qui nous, vous sécurise.

— T'inquiètes chérie, j'ai mis l'alarme.

Peut-être parqué dans un camping près des douches ? Ben tant qu'à faire ... Bref. Trouver un équilibre intérieur permet souvent à des messages de l'invisible de nous parvenir. Signes, synchronicités, heures miroirs ... Rappelez-vous, le hasard n'existe pas.

Albert Einstein disait à ce propos :

— Le hasard, c'est Dieu qui se promène incognito.

À méditer mes amis sans y mettre ici dans mes écrits une connotation religieuse quelconque. Puis vous le savez, j'appelle cela l'invisible.

Comme je vous disais, les vibrations changent, le monde change, la lumière gagnera finalement sur l'obscurité. Je pense ici à cette nouvelle génération que l'on nomme les enfants indigo, cristal ou arc-en-ciel. Cela commence dans les années 70 ou l'on parle d'enfants hypersensibles, intuitifs et spirituels arrivés sur Terre pour nous aider à affronter la "grande transition planétaire".

Indigo ; la couleur du chakra du troisième œil, ou sixième chakra pour rester dans la spiritualité. Moi, Gabin, je pense en faire partie sans aucune prétention alors !! D'ailleurs, ne vous ai-je pas dit qu'il m'a fallu attendre plus de cinquante ans pour comprendre enfin qu'il n'y a que dans l'amour que l'on trouve le bonheur. L'étincelle pour apprendre à me déconditionner enfin ! Plutôt long cinquante ans, vous ne trouvez pas ?! ...

Petit, j'aurai pu être en adéquation avec moi-même et savoir répondre sans blesser "l'autre", mes parents, mes proches, les "gens". Être en paix, mais surtout sans jugement, ni me victimiser devant l'incompréhension des actes de ce monde. Qui d'ailleurs n'a jamais entendu cette phrase :

—   Grandis un peu !!

Combien de fois l'ai-je entendu ? C'est simple, j'ai fini par arrêter de compter figurez-vous. Je pense à Gus ayant un pied dans la matière et un qui va prochainement découvrir l'invisible. Je lui dis alors :

—   Oui papa. C'est ce que je fais chaque jour depuis bientôt six décennies vois-tu ?

Un "chaque jour" différent pour notre existence. Nous ne sommes pas un poisson rouge dans son bocal, fort heureusement. Un jour bien, un jour non. Et pourquoi d'ailleurs ?! Une contrariété ? Une peur ? Si mon crédit va passer ? ... Une peur également. Rien n'est fondé réellement, mais notre mental nous dit le contraire n'est-ce pas ?

Les énergies sont changeantes, tout comme les gens qui passent finalement. Il n'y a que l'amour qui équilibre tout cela. Être en paix comme je le relate ... Se lâcher la grappe comme on dit populairement.

Voilà un mot qui résonne l'amour. Le Secours Populaire en est un exemple. Populaire comme cette star à qui certains voudraient ressembler ? Également. Elle chante l'amour. D'ailleurs, le jour où vous êtes follement amoureux, toutes les chansons sont belles ...

Ne dit-on pas que la sagesse vient avec l'âge ?

Encore une belle connerie dirait sûrement Georges Brassens. Qui plus est, il en a fait une chanson pour vous dire. Ah ! Quand on y est ... Un homme selon moi, profondément bon et sachant remercier ceux qui lui ont tendu la main ... Je pense ici à sa chanson "l'Auvergnat".

Bref. Il m'aura fallu, moi Gabin, de fameux obstacles pour que j'ouvre enfin les yeux. Un drame pour une ressource. Pas celle d'un défunt quelconque non, une renaissance profonde s'opère en moi. Un bien qui souvent fait du mal à son entourage *(enfin, ils le croient !!)*.

Quitter des personnes qui ne vibrent plus avec vous. Leurs basses énergies vous rappellent combien vous étiez mal, pour finalement trouver votre chemin, celui de la vie, du bien et du bonheur. Les obstacles, que l'invisible nous met sur la route, sont justement faits pour nous faire avancer, nous faire grandir. Je grandis papa ... Je grandis ...

J'espère que Gabin vous aura éveillé à ce qui nous entoure, de ce que nous vivons au quotidien sans prendre le temps de se retrouver avec soi-même. Souffler et vivre pleinement la vie que l'on souhaite vraiment. Ne pas rester dans ces dogmes religieux ou philosophiques où chacun y va de son commentaire *(souvent meilleur que le voisin)*.

Pourquoi un curé n'aurait-il pas lui aussi le droit de se marier ?! Je pense soudain à un de mes chanteurs favoris, Eddy Mitchell.

— Le pape a dit ... ♫ ♪ ♫ ...

— Ah, ben s'il l'a dit ! Hein, n'est-ce pas Monsieur l'curé ??

L'humour rassemble alors autant en profiter, n'est-ce pas ?! ... Même parfois s'il est caustique. Les gens pensent souvent également que plus ils sont respectueux, gentils, généreux avec un bon cœur, que les "gens" les blessent plus facilement.

En faisant "un travail" *(drôle de terme)* sur moi, j'ai réalisé que c'était complètement faux en réalité. Tous les qualificatifs énumérés plus haut sont louables, si vous le faite sans rien attendre en retour, sans rien demander de votre générosité, de votre bon cœur.

Si cela vient du cœur, pourquoi vous sentiriez vous blesser ?! Blesser de quoi ?! D'une peur qui s'appelle abus ?

(Les peurs sont si vastes quand on se les créer). D'une autre qui s'appelle confiance ou pire :

—   Pigeon ?!

Pourquoi a-t-on tendance à se retourner ? ...

—   Je rigole !

Pronom personnel, verbe, affaire classée.

- JE CROIS CE QUE JE VOIS -

Voilà ce que nous savons de par notre conditionnement, inconscient ou non. Mais inversez un peu cette phrase servant de chapitre et dite plutôt :

—   Je vois ce que je crois.

En visualisant mon bonheur, je procède de manière à pouvoir y accéder. Rendre réelles ses idées, là, votre pouvoir est énorme. Trop de conditionnements et de croyances négatives bloquent la majorité des personnes. Du jugement que l'on a pu avoir sur nous.

—   T'es un bon à rien !

Être victime de soi-même. C'est là où vous vous fabriquez votre réalité. Envieux devant une Audi R8 ?! Où me voir à la place de ce "chanceux" ?! … Je me donne les moyens. Arrêtons de nous bloquer nous-même. Nous sommes tous uniques. Ce n'est pas vos parents, ni vos aïeux qui vous disent de tourner à droite quand vous êtes perdus.

Se focaliser sur ce qu'on ne veut plus ne fait que persister notre état de manque.

—   J'y arriverai pas !

Le fait d'être dans l'amour, tout simplement vous ouvrira toutes les portes.

—   Un merci ça mange pas d'pain !

Disait souvent pépé Fernand.

—   Et ouais*, fil de fer ! *(*Ch'ti)*

La gentillesse mène à tout. Demandez à vos chérubins quand le marchand de glaces passe dans la rue. Voyez leurs regards de cocker et leurs sourires innocents !

Bref. Focalisez-vous sur ce que vous désirez vraiment. En superflu, cette Audi R8 sera dans votre garage. Les rêves sont faits pour être vécus. Nous sommes venus sur Terre pour cela, pas pour avoir peur de nos peurs, souvent imaginaires, je me répète à ce sujet. Veuillez m'en excuser.

De l'autre côté du voile, personne n'a peur d'aimer. D'ailleurs, ils ne connaissent pas la peur. Un terme bien utilisé dans la matière cette phrase :

—   Nous allons vous dévoiler …

Voilà ce que l'on a du mal à faire naturellement, se dévoiler tel que l'on est. Fantômas fait pâle figure devant notre ego. Mettre un masque quand cela nous arrange. J'ai un exemple qui me fait rire à chaque fois. Quand une personne est au téléphone et que son interlocuteur le gonfle.

—   Excuse-moi, je vais devoir raccrocher, on vient de sonner !

Quand ce n'est pas votre propre index qui appuie sur la sonnette !! Bref. On se dévoile *(même intimement)* devant son conjoint, on est plus vrai avec ses enfants, plus souple avec ses proches et amis. Mais la société matérialiste nous oblige *(je suis dans le lot !)* à porter des masques, de faire bonne figure. Loin de là l'idée de se dévoiler !! Pourquoi ?! La peur que les autres voient votre grand cœur, tout compte fait ?! Vos faiblesses, comme celle d'un enfant que l'on a envie de protéger ? Le masculin l'emporte toujours sur le féminin en règle générale, n'est-il pas ?! ...

Aligner ses chakras prend ici tout son sens. L'équilibre entre ces deux pôles. Un amour qui ne vous piège pas, mais qui au contraire vous fait vivre en harmonie. Le jugement ne rime pas avec la compassion. Mes actes, mes paroles d'antan ne vibrent plus de la même manière. Elles sont plus sages, plus réfléchies ...

Les embûches sont faites pour nous faire grandir par peur, nous détruire. Ça c'est une des choses que j'ai eu beaucoup de mal a assimilé, voyez-vous. Beaucoup jettent l'éponge avant que l'invisible ne leur vienne en aide. Synchronicité ou hasard ? Rappelez-vous de la célèbre phrase d'Albert Einstein. Ces gens-là côtoient l'alcoolisme et la dépression.

Des années à comprendre que moi, Gabin, j'étais un être unique *(venu des étoiles !)*. Comme vous tous mes amis ! Entre ce que l'on nous a appris et ce que nous pensons vraiment dans notre for intérieur en est tout autre. Ce n'est pas vous qui me direz le contraire, même si j'avoue que l'école, c'est bien pour apprendre à compter et à lire. Savoir la hauteur du Mont Blanc est une toute autre histoire n'est-ce pas ?! ... Allô ?! ...

J'aime beaucoup Sadhguru, ce sage Indien qui ponctue à chaque fois ses phrases par ce fameux "n'est-ce pas ?! ... Allô ?! ..." Ici, c'est Votre cœur qui doit être attentif, pas Fantômas ...

Encore un personnage qui m'a marqué dans ma quête spirituelle et mon introspection.

N'allez pas vous imaginer, ni même me représenter avec un "pohu" ou "bindi" sur le front. Ce fameux point rouge qui symbolise le troisième œil. L'œil de la connaissance selon les hindous. D'ailleurs, de nos jours, il est le plus souvent porté comme accessoire de beauté. Bref *(toujours là ce mot !)*. Mais surtout chacun son chemin de vie. Son soi supérieur. Se réjouir chaque matin de voir le jour se lever, d'être satisfait de ce que l'on a *(voir le Nabab du RSA du même auteur)*.

Convoiter ou l'envie se conjugue souvent avec la peur de ne pas avoir. L'ego se met alors en route. Prenez le temps plutôt de respirer *(les gens ne savent pas respirer correctement)*, de vivre l'instant présent sans penser au boulot à ce qu'a dit ma compagne à propos de cette facture. Lâcher prise tout simplement. En soi, il n'y a pas péril en la demeure. Mais la peur s'installe. Celle que votre mental masculin vous souffle. Votre cœur pourrait vous dire de mettre en place un échéancier afin d'éviter de rogner sur le budget vacances. Un exemple d'amour ou tout le monde y trouve son compte.

Combien de fois, je me suis mis dans des états pas possibles pour considérer finalement comme des broutilles, des choses paraissant importantes et vitales pour moi. Le temps fait toujours son œuvre sur Terre. Ce qui n'existe pas dans l'invisible, l'autre côté du voile ... L'œuvre est parfaite, ineffable.

Non seulement nos actes ont eu des conséquences heureuses ou malheureuses tout au long de ma vie, mais j'ai appris également que mes pensées sous forme d'énergie peuvent influencer mon entourage proche ou lointain. J'ai en tête, le cas de ces jumeaux, l'un en vacances au ski, l'autre chez la grand-mère maternelle, ayant ressenti une forte douleur à la jambe droite sans aucune explication flagrante. Le lendemain, pas de portable en 1970, leur famille apprend la triste nouvelle. Le jumeau en vacances s'était cassé la jambe droite en faisant une chute sur une luge !! Un cas parmi tant d'autres.

Je pensais négatif, je vivais négatif. Tu attires ce que tu demandes, ce que tu vibres. Entre autres pour moi, c'est de cet isolement "sociétal" qui m'a fait le plus souffrir. Je n'arrêtais pas de me dire que je n'étais finalement pas bon à grand-chose. Une mousse bien fraîche me redonnait la joie de vivre alors pourquoi s'en priver me direz-vous ?

Faux-amis bien évidemment, mais aller me dire ça dix-neuf ans en arrière ... Seul l'amour libère vraiment et pour cela pas besoin de rentrer dans une église ou une mosquée. De réciter dix "AVÉ" et trois "Patère". De lire trois fois le Coran d'affilé. N'est-ce pas ?! ... Allô ?! ...

Je ne vous parle pas de tout ce qui peut en découler. Ce fameux effet papillon que tout le monde connaît ou entendu parlé. Un simple battement de ses ailes peut déclencher une tempête de l'autre côté du globe ...

Moi, Gabin, à me relever sans cesse, ne comprenant pas ce bonheur si simple de vivre pleinement heureux et en harmonie avec ceux qui m'entourent. C'est-à-dire, la nature et les animaux. Faisant abstraction de toute activité humaine sur cette Terre. Un retour en arrière. Le Crétacé Supérieur en est un bon exemple. Une harmonie que les Atlantes ont touchée du doigt ...

Bref *(le dernier !)*. Sans vous la faire trop longue, ce roman a été à titre personnel un énorme soulagement. Pouvoir mettre un terme *(et non des moindres !)* à toutes mes blessures passées. Pardonner est le maître-mot. Je ne suis pas un gourou des temps modernes, ça pullule sur You Tube ! Je n'ai à convertir personne, car il n'y a dans ce roman aucune religion ni secte.

Tout simplement, l'amour de moi-même et celle des autres. Un défi de tous les jours. Ah non alors, pas ce mot "défi !!". Deux autres feront l'affaire : LÂCHER PRISE.

Un détail qui pour moi a une grande importance. Je ne referme plus ma fenêtre quand j'aperçois une personne qui s'approche. Les détracteurs vous diront que j'habite au 108e étage d'une tour. Ben voyons !!

L'humour rime avec amour et j'en ai à revendre depuis peu. Souvenez-vous ... Six décennies !

Sans être médium et ni avoir vécu une expérience de mort imminente, je sais en mon for intérieur que l'invisible existe. Ce n'est pas une certitude égotique de ma part, je puis vous l'assurer. Le livre le plus lu au monde en reste un bon support. Même Rome a ses secrets ... Non Sadhguru ! On sait ...

- HOMMAGES -

J'aurai pu être ce petit garçon que j'ai nommé tout au long de cette histoire. Un mélange des genres diront certains. Pas faux.

Gabin et pépé Fernand. Pour de vrai, mon papa m'appelait "fil de fer" *(oui, sa vue doit baisser !!)*. Il frise les quatre-vingt-sept printemps aujourd'hui. J'espère que lui aussi partira en paix pour des retrouvailles poignantes ; nos proches défunts. Une mort pour une renaissance en quelque sorte ... Maman sera là elle aussi pour l'accueillir, je n'en doute pas. Le papa du papa du papa de son papa, également, chantait si bien Boby Lapointe.

Je t'aime maman. Je t'aime papa. Je vous aime.

J'espère que ce roman vous aura interpellé, vous aura questionné sur la vie que vous respirez au quotidien en cherchant toujours le bien-être par tous les moyens possibles. Ne pas avoir passé sa vie pour avoir le plus beau et le plus cher des cercueils à votre enterrement.

Trouver son chemin de vie dans la bienveillance et l'amour tout simplement et surtout se délester de toutes ces peurs qui peuvent naître dans notre mental et qui nous pourrissent la vie.

Hommage à vous, aimez vous.

Refermez ce livre et souriez à la première personne que vous rencontrerez. Qui sait, vous pourriez lui changer sa journée à défaut de la vôtre.

NAMASTE

- REMERCIEMENTS -

En premier lieu ma maman qui m'a donné la vie ; celle que j'aime pleinement dorénavant.

À ceux qui continuent de m'inspirer chaque jour, mes enfants Claire et Romain. Ma meilleure amie Séverine GRARE qui m'a fortement aidé à mettre sous presse ce roman sortant de mes écrits habituels (Science-fiction).

Remerciement spécial à Justine OBS, ma co-auteure des "Chats noirs peuvent être heureux". Une personne chère à son cœur est dans l'invisible, Lenny. Sans oublier sa Mamie France. Je les embrasse tendrement.

Et mille mercis à toutes ces personnes de renom qui m'ont incroyablement aidé dans ma quête personnelle :

Natacha Calestrémé – Stéphane Allix – Philippe Guillemant – Sadhguru – Vincent Hamain (E.M.I.) – Eben Alexander – Nicole Druon – Sans oublier, un grand monsieur décrié par son propre clan médical, l'excellent Jean-Jacques Charbonnier. Comment oublier, Patricia Darré, célèbre médium et ceux que je découvre encore comme France Gauthier et son écriture inspirée, charmante et radieuse québécoise, à qui j'espère offrir ce livre, totalement inspiré lui aussi, mais sans le savoir vraiment ...

Puis en dernier lieu, une femme également fantastique ! Française, expatriée à Los Angeles, j'ai nommé la talentueuse Chantal Rialland. L'écouter était une évidence pour moi. J'aurai aimé la connaître beaucoup plus tôt. L'invisible en a décidé ainsi. Est-ce cela que l'on nomme expérience ? ...

Un grand merci !!!

Ainsi qu'à vous qui venez de passer un moment en ma compagnie.

Je vous aime ...

Fil de FER
2023

Du même auteur :

"Les chats noirs peuvent être heureux ... " co-écrit avec Justine Obs.

Publié le 1er mai 2020 – Épistolaire – Auto Édition (Amazon)

"La Troisième Galaxie – Tome 1"

Publié le 1er Juillet 2020 – Science Fiction – Auto Édition (Amazon)

"La Troisième Galaxie – Tome 2"

Publié le 1er Juillet 2020 – Science Fiction – Auto Édition (Amazon)

" Atérus – La Troisième Galaxie – Tome 3"

Publié en Octobre 2022 – Science Fiction – Auto Édition (Amazon)

"Violette la fille du passé"

Publié en Octobre 2022 – Science Fiction – Auto Édition (Amazon)

"Violette II : Un futur bien présent"

Publié en Novembre 2022 – Science Fiction – Auto Édition (Amazon)

"Violette III: Paradoxe"

Publié en Janvier 2023 – Science Fiction – Auto Édition (Amazon)

"Violette IV: Antia la deuxième Lune"

Publié en Avril 2023 – Science Fiction – Auto Édition (Amazon)

"Le Mur"

Publié en Août 2023 – Science Fiction – Auto Édition (Amazon)

"In Vitro. La jonction – Quand la fiction rejoint la réalité ..."

Publié en Octobre 2023 – Autofiction spirituelle – Auto Édition (Amazon)

À paraître prochainement :

"LES IRRADIÉS ou LES PREMIERS APTITUDES"

N'oubliez pas de laisser un commentaire

sur Amazon.fr ou Amazon. Com !

Ceux-ci sont pour moi des applaudissements après un spectacle.

Mention Légale :

In Vitro. La jonction – Quand la fiction rejoint la réalité …

Illustrations intérieures : Philippe DELTOUR

Philippe DELTOUR

ISBN : 9798865220138

-INDEX-